사령왕 카르나크 3

2023년 8월 17일 초판 1쇄 인쇄
2023년 8월 22일 초판 1쇄 발행

지은이 임경배
발행인 강준규

기획 이기헌 왕소현 임동관 박경무 강민구 조익현
책임편집 백승미
마케팅지원 이원선

발행처 (주)로크미디어
출판등록 2003년 3월 24일
주소 서울시 마포구 마포대로 45 일진빌딩 6층
Tel (02)3273-5135 Fax (02)3273-5134
홈페이지 rokmedia.com E-mail rokmedia@empas.com

값 9,000원

ISBN 979-11-408-1403-9 (3권)
ISBN 979-11-408-1400-8 04810 (세트)

ROK
MEDIA
로크미디어

사령왕
카른마크

3

임경배 판타지 장편소설

CONTENTS

종말은 열린 문

알리우스와 릴테인은 무사했다. 크게 고초를 겪거나 하지도 않았다.

이들이 붙잡힌 시각이 초저녁, 카르나크 일행이 슈트라프를 해치운 게 다음 날 새벽이었다. 고초를 겪을 시간 자체가 별로 없었다.

구출된 두 사람은 경위부터 궁금해했다.

"대체 무슨 일이 있었던 겁니까?"

감옥에 갇혀 있던 내내 건물이 흔들리고 폭음이 울렸으니 일이 터졌다는 것쯤은 눈치챘다.

하지만 구출되고 나서 주위를 살펴보니 이건 일이 터졌다 정도가 아니다.

사방에 시신이 즐비하고 사령결계의 흔적이 가득한 데다 그 크던 저택은 반파되었으며 도시 전체가 혼란에 빠져 있는 것이다.

대체 무슨 수를 써야 고작 3명이서 이런 결과를 만들 수 있단 말인가?

"그리고 어떻게 슈트라프 그자를 해치운 거죠?"

산전수전 다 겪은 알리우스도 처음 보는 강력한 사령술이었다.

구출되었으니 일단 좋긴 한데, 아무리 생각해 봐도 저들만의 힘으로 슈트라프를 쓰러뜨릴 수 있을 리가 없었다.

그 정도로 상대가 만만했으면 처음부터 알리우스와 릴테인도 그리 쉽게 당하진 않았을 것이다.

카르나크가 차분히 설명을 시작했다.

"운이 따랐습니다."

슈트라프의 사령술은 분명히 강력했다. 자신들도 그 자리에서 그냥 죽는 줄 알았다.

"그런데 사령술을 완벽하게 익히지는 못했는지 도중에 결계 일부가 해제되더라고요."

그 틈에 저택을 빠져나왔다.

물론 슈트라프도 전력으로 카르나크 일행을 붙잡으려 했지만 오리 유저인 세라티의 힘으로 간신히 도주할 수 있었다.

이후 몸을 숨기고 알리우스와 릴테인을 구할 방도를 궁리하던 중 트리스트 시티에 이변이 생겨났다.

란펠트 세력 내에 내분이 일어난 것이다.

"이유는 모르겠지만, 놈들이 서로 싸워 대기 시작하더군요."

조직원들이 서로 칼부림을 하는 바람에 도시 전체가 혼란스러워졌다.

"상황을 파악하려 다시 저택 근처로 돌아왔습니다. 그리고 실로 끔찍한 광경을 목격했지요."

무수한 좀비 군단이 란펠트 저택을 향해 진군하고 있었다!

저택의 사령결계가 좀비 군단과 맞서 싸우는 걸 보니, 슈트라프의 소행은 아니었다.

"아마도 휘하의 다른 사령술사가 반기를 든 게 아니었을까요?"

알리우스도 납득했다.

"그럴 수 있지요. 사령술사란 놈들은 서로 못 잡아먹어서 안달이니까."

실제로 슈트라프가 휘하 사령술사의 머리통을 펑펑 날리는 걸 다들 목격하지 않았던가? 부하들이 반기를 드는 것은 매우 자연스럽다.

릴테인도 비슷한 생각이었다.

"우릴 상대하느라 슈트라프가 허점을 보였고, 그 빈틈을 다른 사령술사가 노린 듯하군요."

카르나크가 설명을 이어 갔다.

"마침 기회가 생겼으니 슬쩍 저택으로 잠입했습니다."

사악한 기운이 풀풀 풍기기에 은신처는 어렵지 않게 찾을 수 있었다.

저택 지하로 내려가 보니 슈트라프는 기괴한 제단을 설치하고 뭔가를 준비 중이었다.

"그는 구울 전사와 악마 소환으로 우리를 상대했습니다. 공간 자체를 지옥으로 바꿔 버리는 강력한 사령술은 쓰지 않았고요. 아마도 좀비 군단을 상대하느라 힘을 많이 소진한 것 같았습니다."

이미 많은 사령력을 낭비한 슈트라프는 카르나크 일행의 힘으로도 어떻게든 맞서 싸울 수 있었다.

몇 번이나 죽을 고비를 넘겼지만 간신히 버텨 냈고, 오러 유저 세라티의 활약으로 악마를 퇴치한 뒤 슈트라프의 목을 베었다.

"시체는 일부러 건드리지 않았습니다. 알리우스 씨를 구한 뒤 정화 의식을 부탁드릴 생각이었지요."

"그렇군요⋯⋯."

알리우스도 릴테인도 이 이야기에서 허점을 찾지 못했다.

일단, 전부 실제로 일어난 일이긴 하거든.

실제로 도시에 혼란이 일어났고, 실제로 서로 싸워 댔고, 실제로 그 틈을 타 잠입했고, 실제로 세라티가 악마와 싸워

이겼다.

실제로 이긴 건 바로스지만 육체는 엄연히 세라티였으니까.

사건 자체는 죄다 진짜였으니 그 흔적도 고스란히 남아 있는 것이다. 의심할 여지가 없었다.

그저 행운에 감탄할 뿐이었다.

"실로 하토바의 가호라고밖에는 할 말이 없군요."

물론 진상을 아는 세라티는 기가 찰 노릇이었다.

'와, 이래서 사령술사들이 안 잡히는 거구나.'

진실과 거짓을 교묘히 섞어 놓았으니 전후 사정을 모르면 속아 넘어갈 수밖에 없구나 싶었다.

이후 알리우스는 빠르게 뒤처리에 나섰다.

우선 슈트라프의 시체에서 종말의 어둠부터 빼냈다.

신성력으로 어둠을 봉인하며 알리우스가 혀를 내둘렀다.

"엄청난 기운이군요. 그동안 붙잡은 사령술사에 비하면 거의 10배에 달하는 종말의 어둠입니다."

옆에서 지켜보던 바로스가 뜨끔해했다. 카르나크는 30배라 하지 않았었나?

[도련님, 정보만 빼먹고 도로 넣어 둔 거 아니었어요?]

[혹시 몰라서 좀 챙겨 뒀어. 나중에 무슨 일 생길지 모르잖아.]

[예전처럼 살지 않으신다면서요?]

[그래서 저만큼 남겼잖아. 예전이었다면 전부 먹어 치웠겠지.]

[그런 문제가 아니잖습니까? 계속 사령력 키우다 나중에 들키면 어쩌려고요?]

[걱정 마. 시간 좀 들이면 죄다 녹여서 혼돈마력으로 바꿀 수 있으니까.]

여전히 카르나크의 생각 자체엔 변함이 없었다.

예전 같은 절대적인 권능은 필요 없다. 새로운 현실을 살아가기에 필요한 만큼의 힘만 있으면 된다.

단지 이 '필요한 만큼'의 기준이 좀 높아진 것이다.

자기 영지를 지킬 정도에서, 혼탁해진 세상을 무난히 살아갈 수 있을 정도로.

[슈트라프 같은 놈이 또 나타날지도 모르잖아. 적어도 그런 놈들을 상대할 수준까진 마력을 높여 놔야지.]

[하긴, 도련님이 어련히 알아서 하실 일이죠. 하지만 지금 중요한 건 알리우스 씨의 의심을 사지 않는 일인데요?]

[그건 괜찮아.]

애초에 슈트라프 같은 고위 사령술사 자체를 처음 만나 본 알리우스였다. 비교 대상이 있어야 어둠의 마력이 큰지 작은지 알 것 아닌가?

"과연…… 이 정도의 어둠을 지니고 있었으니 그런 엄청난 사령술을 쓸 수 있었겠지요."

의심도 뭘 좀 알아야 할 수 있는 법이다. 자연스럽게 그러려니 하고 넘어갔다.

볼일을 마친 뒤 카르나크 일행은 저택을 빠져나왔다.

그리고 알리우스가 플라드 가문과 트리스트 시티의 하토바 교구에 연락을 취했다.

슈트라프가 장악한 트리스트 교구라지만 모든 성직자가 타락한 것은 아니었다. 의심스럽지 않은 이들을 골라 사건의 뒤처리를 맡겼다.

물론 차후에 저들 역시 심문을 통해 흑백을 가려야겠지만, 당장은 필요한 일손이었다.

딱히 저항은 없었다. 간밤에 란펠트 가문 조직원이 너무 많이 죽어 나간 탓에 감히 반항할 세력도 남지 않은 덕이었다.

그렇게 트리스트 시티는 빠르게 안정을 되찾아 갔다.

그 외중에 알리우스를 놀라게 한 소식도 하나 있었다.

"네? 세라티 씨가 제스트라드 남작가의 기사가 되었단 말입니까?"

무인이 자신을 의탁할 주군을 찾은 것이 뭐가 이상하겠냐마는, 세라티는 평범한 검사가 아니다. 무려 오러 유저다.

"어쩌다가요?"

놀라 물었지만 이내 알리우스는 표정을 바꿨다.

저건 바꿔 말하면 '오러 유저씩이나 되는 분이 뭐 하러 그런 시골 영지의 기사가 되었어요?'란 소리인 것이다. 대단히 실례다.

"아니, 그런 의미로 드린 말씀은 아닙니다만……."

'아니긴 뭘 아니야? 딱 그 의미인데.'

쓴웃음을 지으며 세라티가 사정을 말했다.

"간밤의 일로, 카르나크 남작님이야말로 제가 충성을 바치기에 충분한 분이시라는 걸 알았기 때문입니다."

카르나크에게 큰 도움을 받았고 그의 지혜와 성품이 주군으로 섬기기에 부족함이 없다 여겨 충성 서약을 행했다…….

대충 이런 이야기였다.

이것도 미묘하게 맞는 구석이 없지는 않았다.

큰 도움? 받은 거 맞지.

지혜? 뭐, 사령술사로서의 지혜는 엄청나다.

성품? 좋다곤 안 했다. 그냥 주군으로 섬길 만하다고 했지.

'거짓말은 안 했어, 거짓말은.'

사건의 뒤처리가 어느 정도 마무리되자 카르나크 일행은 트리스트 시티를 떠났다.

그러나 알리우스, 릴테인과 함께 데라트 시티로 향하진 않았다.

"그동안 여신의 성무를 행하며 참으로 많은 기쁨을 느꼈습니다. 하나 이제 영지로 돌아가야겠군요."

표면상의 이유는 세라티 때문이었다.

"그녀를 제 기사로 삼았습니다만 어디까지나 약식이었지요. 정식으로 서임을 하려면 영지로 돌아가야 하지 않겠습니까?"

실제 이유는 종말의 어둠을 필요한 만큼 다 건졌으니 더이상 사령술사를 사냥할 필요가 없어서지만.

"그렇군요. 그간의 협력에 감사드립니다."

아쉬워하면서도 알리우스는 작별 인사를 건넸다.

"대지를 거니는 이들에게 모든 길은 연결된 길, 부디 당신들의 앞날에 하토바의 가호가 있기를."

<hr />

주군이 된 카르나크를 따라 세라티는 제스트라드 영지로 향했다.

머릿속이 계속 복잡했다. 간밤에 일어났던 일은 도저히 그녀의 상식으로는 해명할 수 없는 것투성이였다.

그렇게 산 건너고 물 건너 반나절을 더 갔다.

결국 세라티는 더 이상 참을 수 없었다.

"대체 당신들 정체가 뭐예요?"

뜬금없는 그녀의 질문에도 카르나크와 바로스는 놀라지 않았다. 슬슬 저런 질문을 할 거라 예상하던 차였다.

일단 두루뭉술하게 넘기려 했다.

"나, 제스트라드 남작."

"전 제스트라드 남작가의 기사죠."

"아, 남몰래 사령술도 익히고 있고."

"남몰래 도련님 사령술 쓸 때 협력하고 있습죠."

당연히 통하지 않았다.

"그런 걸 묻는 게 아니란 건 아시잖아요?"

실력도 적당히 보여 줘야 납득할 수 있는 법이다.

도시 하나를 말아먹고, 수많은 시체를 일으키고, 거대한 환각을 만들어 낸 카르나크.

투기도 익히지 못한 주제에 어마어마한 검술과 경험을 보여 준 데다가 타인의 몸을 자연스럽게 차지하고 심지어 투기까지 쉽게 사용하며 종국엔 마즈눈 같은 고위 악마까지 해치워 버린 바로스.

남몰래 사령술을 익히고 있었다 정도로 해명할 수 있는 수준이 아니잖은가?

당장 저들이 보여 준 말도 안 되는 지식과 노련함만 봐도 그렇다.

"둘 다 잘해 봐야 20대 초반으로 보이는데, 이게 말이 돼요?"

카르나크와 바로스가 어깨를 으쓱였다.

"솔직히 말이 안 되지?"

"믿으라고 하는 게 무리죠."

카르나크는 세라티를 빤히 바라보았다.

그녀는 매섭게 눈을 뜬 채 대답을 기다리고 있었다.

[어쩔까, 바로스? 사실대로 말해 줘도 될까?]

[그냥 모른 채로 놔둬도 별문제 없지 않아요?]

[괜히 어설프게 억측해서 사고 칠지도 모르잖아. 어차피 권속이 되었으니 배신할 일도 없을 텐데.]

[사실대로 말한다고 믿기나 할까요?]

[믿고 말고는 자기 자유지.]

[하긴 그러네요.]

결심한 카르나크가 진중한 표정을 지었다.

"좋아, 솔직하게 말해 주지."

세라티가 안색을 굳혔다. 카르나크와 바로스가 진지하게 말을 이었다.

"나, 세계 정복 했었다?"

"전 도련님 도와서 같이 세계 정복 했었죠."

굳어 있던 그녀의 표정이 기묘하게 일그러졌다.

"……무슨 헛소리세요?"

"그래, 이게 정상적인 반응이지."

쓴웃음을 지으며 카르나크는 말을 이었다.

"일단 들어 보라고."

자그마치 100여 년에 걸친 이야기를 전부 떠들어 댈 순 없다. 그래서 카르나크는 대충 요약해 전생의 이야기를 세라티에게 해 주었다.

몰락한 가문의 사생아로 태어나 사령술을 익히게 된 사정.

가문을 차지하려다 사령술사임이 들통이 나 쫓기던 시절.

이후 세상을 전전하며 힘을 키우고, 그 와중에 사람들의 분노를 사 종국엔 대륙의 공적이 된 이야기.

결국 인간임을 버리고 아스트라 슈나프가 되어 세계 정복에 성공한 뒤, 잃어버린 육신을 되찾기 위해 궁리하던 일까지.

"그런 이유로 이 시대로 돌아왔다, 뭐 이런 거지."

대충 설명을 마치며 카르나크는 눈짓을 했다.

"어때, 궁금증이 좀 풀렸나?"

세라티는 넋이 나간 얼굴이었다.

"맙소사……."

하지만 그 와중에도 조금씩 납득이 간다는 모습을 보인다.

"그렇군요. 과연, 그래서 그런……."

카르나크가 도리어 당황했다.

"어라? 정말 믿는 거야?"

"설마 거짓말인가요?"

"그건 아닌데, 내가 생각해도 믿기 힘든 이야기라서 말이지."

"솔직히 그런 걸 보여 주고 나면 믿지 않을 수도 없잖아요."

저들이 보여 준 실력 자체가 워낙 허황된 것이었다. 저 정도 허황된 이야기가 바탕이어야 차라리 이해가 간다.

동시에 또 다른 의문도 들었다.

"그렇다는 건, 카르나크 님은 원래 불멸의 존재였다는 건가요?"

"응."

"죽음도 질병도 고통도 없었다는 소리죠, 그거?"

"응."

"심지어 삼라만상을 뜻대로 다룰 정도의 힘을 지녔고?"

"삼라만상의 범위에 따라 다르겠지만, 어쨌건 세상 정도는 내 맘대로 주무를 수 있었지."

"그런데……."

도저히 이해가 안 간다는 듯 세라티가 재차 물었다.

"그 모든 걸 버리고 도로 인간이 되었다고요?"

하찮은 인간의 한계를 벗어나 신의 경지에 올랐다는 소리가 아닌가? 그런데 고작 인간적인 감각을 못 느낀다는 이유만으로 그걸 포기했다고?

"차라리 감각을 느낄 수 있는 육체를 따로 만들면 되지 않나요?"

"해 봤어. 안 되더라."

"그럼 다른 인간에게 빙의하면……."

"그것도 해 봤어. 안 되더라."

"그렇다면 다른 인간에게 감각 공유 같은 걸 걸면……."

"역시 해 봤지. 안 되더라."

무려 수십 년이란 세월 동안 생각할 수 있는 건 다 시도해 보았다. 실패하고 실패한 끝에 남은 유일한 길이 이것이었다.

"그런데 세라티도 은근히 이쪽 수법에 대해 많이 아네? 선량한 사람들은 보통 떠올리기 힘든데, 그런 거."

"그, 그게, 예전에 비슷한 책을 읽은 적이 있어서……."

이것이 그녀가 카르나크의 설명을 쉽게 받아들인 이유 중 하나였다.

시간이 날 때마다 각종 모험담을 탐독하는 취미가 있었던 덕분에, 전생이니 시공 회귀니 하는 이야기도 그럭저럭 납득하는 것이다.

어쨌든 세라티는 혼란스러워했다.

누군가가 그녀에게 언데드가 되는 대신 4대 무왕조차 초월하는 궁극의 무인이 될 수 있다고 한다면 어떨까?

'난 받아들일 것 같은데…….'

카르나크가 저 경지에 오르기까지 실로 부단한 노력과 집념, 흔들림 없는 정신력이 있었을 것이다. 그러니 불멸까지 손에 넣었겠지.

그런데 막상 목표에 오르고 나니 생각했던 것과 다르다고 그걸 포기했다고?

애초에 그런 인간이면 저 지고의 경지까지 갈 수도 없지 않을까?

카르나크가 한숨을 푹 내쉬었다.

"그래, 나도 그럴 줄 알았지."

당시엔 진심이었다.

이까짓 살덩이 따위, 그가 꿈꾸는 궁극의 경지로 향하는 길을 가로막는 거추장스러운 장애물 정도로만 여겼다.

단 하나의 진리, 단 하나의 절대적 목표를 위해선 모든 것을 포기한다 해도 충분히 가치 있다 생각했다.

"그건 진짜 당해 보기 전엔 절대 이해 못 할걸."

"저도 데스 나이트 된 초반엔 마냥 좋았어요. 인간일 때 불편했던 점이 죄다 사라졌으니까."

카르나크와 바로스가 히죽 웃었다.

둘 다 버린 것에 대한 미련은 전혀 없는 표정이었다.

세라티가 조심스레 질문을 이었다.

"그래도…… 아깝진 않나요?"

평생 쌓아 올린 것을 잃고도 아쉽지 않을까? 자신보다 약했을 상대에게 밀리는 것이 분하진 않을까? 실제로 슈트라프 '따위'에게서 도망까지 치지 않았던가?

"왜 아깝지 않겠어?"

카르나크가 고소를 지었다.

"가능하면 둘 다 포기 안 했지. 둘 중 하나는 반드시 포기해야 했기에 어쩔 수 없었을 뿐."

과거의 권능이 그리운가?

솔직히 가끔 그렇다.

약해진 현재의 자신에 불만이 없는가?

왜 없겠나? 당연히 불만은 있다.

하지만, 그럼에도 결코 아스트라 슈나프로 돌아가고 싶진 않다.

"난 지옥의 왕이었어. 아무리 왕이었다 해도 내가 살고 있는 곳이 지옥이란 사실엔 변함이 없었지."

물론 인간이 되었다 해서 천국에서 산다는 소리는 아니다.

사람들도 말하지 않나? 현세가 곧 지옥이라고.

저 말엔 카르나크도 어느 정도 동의한다.

"지옥에 단계가 있다면, 인간의 삶은 지옥 중간층 정도 되겠지."

아스트라 슈나프가 된 삶은 지옥 최하층이었다.

"지옥 최하층의 왕으로 군림하며 세상을 발밑에 굴복시키느니, 차라리 지옥 중간층에서 적당히 안주하며 사는 게 나아."

그가 차분한 미소를 지었다.

"둘 다 살아 본 내가 하는 말이니 정확할 거다."

세라티는 고개를 끄덕였다.

"그렇군요……."

왜 사령술이 금기 중의 금기인지 알 것 같다. 사령술의 궁극에 도달한 자가 내린 결론이 저것이라면.

"언데드가 될 바엔 차라리 죽음을 택하는 게 나은 건가요……."

카르나크가 눈을 치켜떴다.

"무슨 소리야? 죽을 것 같으면 언데드라도 되어야지."

"네? 하지만 방금은……."

"그러니까 되도록 사령술은 멀리할 거야. 하지만 당장 죽게 생겼는데 삶을 포기하라고? 그땐 할 수 있는 건 다 해야지."

"그럼 기껏 돌아온 의미가 없어지잖아요?"

"그러니까 무슨 수를 써서든 아스트라 슈나프로 돌아가야지."

그리고 도로 시공 회귀를 한다. 그래서 또다시 인간적인 감각을 되찾는다!

"이쪽이 합리적이잖아?"

옆에서 바로스도 한마디 했다.

"그거 너무 오래 걸리지 않아요? 대륙 인구 절반은 죽여야 다시 사령왕이 되실 수 있을 텐데요."

"한 번 해 본 짓이잖아. 예전처럼 몇 년씩 걸리진 않겠지."

"그러네요. 납득했어요."

태연한 두 주종의 대화에 세라티는 부르르 떨었다. 이제야 저들의 행태가 이해가 갔다.

'아, 원래 저런 인간들이구나.'

사고방식 자체가 일반인이랑 다르다.

새삼 그녀는 각오를 다졌다.

"카르나크 님."

"왜?"

"전 이제 당신의 기사. 그러니 제 목숨을 다 바쳐서 당신을 지키겠습니다."

카르나크를 위해서가 아니다. 인류와 세상을 위해서다.

이 위험한 작자가 제 목숨 위태로울 경우 도대체 뭔 짓을 할지 짐작이 안 간다!

돌변한 세라티의 태도에 카르나크가 고개를 갸웃거렸다.

"……?"

어쨌거나 지켜 준다는데 마다할 이유야 없다.

"어, 뭐, 고마워."

대충 이야기가 마무리되었으니 일행은 다시 걸음을 옮겼다.

관도를 따라가는 카르나크의 뒷모습을 바라보며 세라티는 문득 생각했다.

'그렇다면 저 인간, 늙어 죽을 때가 되면 대체 어쩔 셈이지?'

사형왕
카르나크

트리스트 시티를 출발한 지 닷새 뒤, 카르나크 일행은 제스트라드 영지에 도착했다.

"나 왔어, 타펠 영감!"

미리 전갈을 받았기에 저택의 시중인들이 마중 나와 있었다. 노집사 타펠이 환한 얼굴로 카르나크를 맞이했다.

"어서 오십시오, 영주님."

이미 소문을 통해 전해 들었다.

카르나크와 바로스가 데라트 시티에서 어떤 활약을 했는지.

수도에 마법 공부하러 간다던 놈이 생뚱맞게 데라트 시티에 몇 달씩 주저앉았다는 소식을 받았을 땐 타펠도 걱정이 많았다.

세상을 보며 견식을 높이는 것이야말로 젊음의 특권이라곤 했지만, 그렇다고 할 일도 미뤄 두고 마냥 놀라는 소린 아니었다. 한때는 어떻게 잔소리를 해야 할지 고민도 꽤 했다.

그런데 웬걸?

데라트 시티에서 대활약한 카르나크와 바로스의 명성이 무려 왕국 최북단인 제스트라드 영지까지 전해지는 것이 아닌가?

수많은 사령술사를 처리하고 왕국의 백성들을 구했으니

참으로 명예로운 일이었다. 제스트라드 가문의 위명 역시 크게 높아졌다.

기쁜 마음으로 막 타펠이 칭찬을 늘어놓으려던 차였다.

'음?'

카르나크 뒤에 못 보던 여인이 1명 서 있었다.

탐스러운 붉은 머리칼에 시원시원한 인상, 생기가 넘쳐 보이는 미모의 여인이었다.

시골에서만 살아온 이들에겐 난생처음 보는 놀라운 미녀이기도 했다.

'……설마?'

살짝 불안한 느낌이 들었지만 타펠은 차분하게 응대했다.

"손님이 계셨군요, 영주님. 미리 알려 주셨으면 좋았을 것을."

"그렇지, 참?"

그제야 생각났다는 듯 카르나크가 그녀를 가리켰다.

"소개하지. 세라티 알렌이다."

젊은 놈이 여행 나갔다가 웬 미녀를 데리고 돌아왔다면 이유는 뻔하다.

모여 있던 저택의 하인, 하녀 들이 수군대기 시작했다.

'어머나!'

'혹시?'

'미래의 남작 부인이신가?'

타펠은 난처해했다.

한 지역의 영주쯤 되는 이가 자기 마음대로 아내를 들일 수는 없다. 어느 정도 격이 맞아야 한다.

하지만 알렌이란 성을 지닌 귀족은 들어 본 바가 없었다.

아니, 그 전에 워낙 흔한 성이었다. 귀족이 아니라 평민이란 의미였다.

'허어, 이걸 어떻게 말씀드려야 하지?'

그런데 이어진 이야기가 좀 의외였다.

"그녀는 제스트라드 남작가의 새로운 기사가 되었다. 정식 서임은 추후에 할 것이니 준비해 두도록."

"……예?"

타펠은 눈을 껌벅였다.

기사라고? 예비 마누라가 아니라?

'아니, 왜 저런 여인을 우리 영지의 기사로?'

그녀는 분명 놀라운 미모의 소유자였다. 몸매 또한 날씬하고 아름다웠다.

하지만 이는 미녀의 덕목이지 기사의 덕목은 아닌 것이다.

모름지기 칼 밥 먹고 살려면 듬직한 근육, 커다란 덩치, 강인한 인상이 기본 아니겠는가?

그러니까 지금 옆에 서 있는 저 바로스 경처럼 말이지.

"영주님, 아무리 우리 영지가 변경이라곤 하지만 아무나 기사로 삼을 수는……."

타펠뿐 아니라 다른 이들도 당황하며 카르나크와 세라티를 번갈아 바라보았다.

사람들의 반응에 바로스가 피식 웃었다.

"세라티 경의 예상대로네요."

"자주 겪는 일이니까요."

세라티는 눈 하나 깜짝하지 않았다.

어중간한 놈들이나 무시당하면 화를 내지, 진정한 강자는 둔감한 법이다. 즉석에서 스스로를 증명할 수 있거든.

백문이 불여일견, 세라티가 검을 뽑았다.

발검 동작이 상당히 세련되어 다들 어느 정도 납득을 했다.

'검 뽑는 건 멋있다.'

'하긴, 여자가 검을 쓰려면 저 정도는 하겠지?'

'하지만 마물을 상대로 우아한 검술은 별 쓸모없다고 들었는데.'

우우우웅!

붉은 빛이 칼날을 뒤덮었다. 동시에 가공할 기운이 모인 이들의 어깨를 짓눌렀다.

"헉!"

"꺄악!"

하인, 하녀 들이 경악하며 뒷걸음질을 쳤다. 타펠의 눈동자도 격하게 흔들렸다.

아무리 검술의 문외한이라도 눈앞의 저 빛이 무엇인지 모르는 이는 없다.

"투, 투기검? 설마 오러 유저?"

제스트라드 최강으로 인정받는 바로스 경이나 데벤토르 최강의 기사였던 란돌프 경도 저 경지엔 도달하지 못했다.

가문의 모든 기사들이 다 덤벼도 감히 범접지 못할 초인의 영역이 아닌가?

카르나크가 시큰둥하게 물었다.

"아직도 그녀의 실력에 의문이 있나?"

있을 리 없었다.

그저 타펠의 표현이 조금 바뀌었을 뿐이다.

"아니, 왜 저런 분이 우리 영지에 기사로?"

세라티는 바로스와 함께 카르나크의 저택에 머무르게 되었다. 다른 기사들은 가정을 꾸렸으니 각자 집이 있지만 둘은 아직 미혼이었으니까.

그리고 며칠 뒤 정식으로 카르나크의 기사가 되었다.

제스트라드의 기사들도 그녀를 진심으로 환영했다.

당연하지만 텃세 따윈 없었다.

텃세도 정도껏이지, 무려 오러 유저가 아닌가? 격차가 이쯤 되어 버리면 감히 뭘 어쩔 생각도 안 드는 법이다.

대신 맹렬한 호기심을 보였다.

과연 말로만 듣던 오러 유저는 얼마나 강할까? 오러 유저는 여인의 몸으로도 무자비한 괴력을 보인다는 게 사실일까?

덕분에 세라티는 다른 기사들을 상대하느라 바쁜 나날을 보내야 했다.

저택 뒤뜰에 마련된 커다란 연무장.

건장한 30대 중반의 사내가 세라티와의 대련을 준비하고 있었다. 제스트라드의 기사, 에밀이었다.

훈련용 검을 겨눈 채 에밀이 정중히 말했다.

"가르침을 부탁드립니다."

마찬가지로 훈련용 검을 든 세라티가 정중히 대답했다.

"가르침이라뇨. 오히려 저야말로 한 수 배우겠습니다."

이내 에밀이 거칠게 돌진해 갔다.

"타아앗!"

실전 속에서 단련된 매서운 검세가 그녀를 노렸다.

그러나 세라티는 미동도 하지 않았다.

그저 모든 공세를 가볍게 받아 흘릴 뿐.

탕! 타탕!

요란한 쇳소리와 함께 수차례의 공방이 오간다.

에밀의 전신이 땀으로 흥건해지기 시작했다. 숨소리도 점차 거칠어졌다.

"헉, 허억, 헉……."

반면 세라티는 전혀 바뀐 게 없었다.

땀은 고사하고 호흡조차 흐트러지지 않는다.

에밀의 눈빛이 흔들렸다.

'오러 유저란 게 이렇게나 높은 벽이었나?'

적색급은 오러 유저 중에서 가장 초입 단계라 들었다. 게다가 상대는 여인의 몸이 아닌가?

물론 이길 수 있다고 생각하진 않았다. 하지만 아무리 투기를 각성 못 했어도, 어느 정도는 맞서 싸울 줄 알았다.

그런데 아예 상대가 안 된다.

'심지어 아직 투기검은 쓰지도 않고 있는데!'

이어진 세라티의 반격에 신음을 흘리며 에밀은 뒤로 물러섰다.

얼핏 가볍게 견제하는 듯한 참격이었다. 그런데 맞받아치는 순간 마차에라도 치인 듯한 충격이 전신을 관통했다.

"크윽!"

간신히 버텨 낸 것은 사내로서의 마지막 오기일 뿐.

"아, 아직 쓰러지지 않았소!"

대련을 지켜보던 다른 기사들이 그럴 줄 알았다는 표정을 지었다. 먼저 세라티와의 대련을 겪어 본 이들이었다.

"에밀 저 친구, 용쓰네."

"저 심정 나도 알지."

"저런 가냘픈 여인에게 힘으로 밀린다는 거, 도통 이해하기 힘들거든."

세라티는 딱히 절세의 검술이나 오묘한 기교를 구사하지 않았다. 그냥 평범한, 기초적인 검술만으로 상대할 뿐이었다.

단지 너무 세고, 너무 빠르다.

굳이 투기검을 쓰지 않더라도 오러로 증폭된 신체 능력만으로 절대적인 격차가 있는 것이다.

"커억!"

결국 에밀이 바닥을 굴렀다.

간신히 몸을 추스르며 그가 인사를 건넸다.

"가, 가르침에 감사하오……."

굴욕과 감탄이 뒤섞인 표정이었다.

아무것도 못하고 나가떨어졌으니 당연히 분하다. 하지만 그 못지않게 오러 유저에 대한 경외감도 크다.

세라티도 검을 거뒀다.

"수고하셨습니다."

여전히 그녀는 땀 한 방울 흘리지 않았다. 하지만 예의가 있으니 일부러 땀을 닦는 시늉을 한다.

그녀도 내심 이들을 인정하고 있었다.

'뭐야, 다들 길드의 일류 모험가 수준은 되잖아?'

카르나크가 하도 폄하해서 별 볼 일 없을 줄 알았는데 의외로 실력들이 나쁘지 않았다.

대인전 경험이 적긴 하지만 이건 어디까지나 제스트라드 영지의 주적이 마물들이기 때문이니 큰 단점은 아니다.

주어진 상황에 걸맞게 충분히 단련된 이들이었다.

그렇다면 카르나크나 바로스는 왜 그리 자기 영지 기사들을 폄하했을까?

'그 인간들 기준에서야 그렇겠지, 쳇.'

세라티는 입을 삐죽였다.

사실 저들 기준에선 그녀도 삼류였다. 아니, 그냥 온 세상의 절대다수가 카르나크에겐 삼류다.

하도 어이가 없어 대놓고 물어본 적도 있었다.

"그럼 카르나크 님이 생각하는 일류는 대체 누군데요?"

대답은 간단했다.

"4대 무왕이랑 3인의 대마법사."

"……."

무의 궁극에 도달한 4대 무왕과 신의 경지에 도달했다는 대마법사들이 일류면, 초일류는?

"용황제 그라테리아쯤 되면 초일류지."

"그럼 이류는요?"

"제국 기사단의 각 단장들이나 연방의 수호자들 정도? 7왕국 연합이라면 알테일 왕국 기사단장 정도가 낄 수 있겠군."

참고로 저들은 죄다 은의 경지, 실버 나이트들이다. 무의 궁극까지 딱 한 발자국 남은 이들.

"그 밑은 죄다 삼류고요?"

"응."

"말이 돼요? 그 아래도 격차가 얼마나 천차만별인데!"

자색급, 퍼플 나이트만 해도 적색급 10여 명을 홀로 감당할 정도의 강자다. 적색급인 세라티도 평범한 전사 수십 명은 우습게 상대할 수 있다.

"어떻게 이걸 뭉뚱그려 삼류로 묶을 수가 있어요?"

카르나크의 논리에 따르면, 그럴 수 있는 모양이었다.

"뭐가 이상해? 동전 10닢 가진 놈이나 1천 닢 가진 놈이나, 어차피 가난뱅이인 건 마찬가지잖아."

"아, 그따위로 생각하시는군요?"

"……그따위?"

이후 카르나크가 '왜 난 권속으로 삼기만 하면 하나같이 싸가지가 없어지는 걸까?'라며 의아해하는 일이 있었지만, 이건 별로 중요한 이야기가 아니고.

어쨌든 감각 이상한 카르나크 기준이 아닌 보편적인 상식선에서, 제스트라드 영지의 기사들은 꽤나 강한 축에 끼는 편이었다.

하지만 그럼에도 세라티 앞에선 의미가 없다.

투기를 각성한 자와 못 한 자는 근력, 스피드, 반사 신경

등 모든 신체 능력이 몇 배나 차이가 나니까.

세라티 역시 투기를 각성하기 전의 자신이 어땠는지 잘 알기에 충분히 이해할 수 있었다.

그런데…….

'어떻게 바로스 경은 오러도 안 쓰면서 그렇게 강한 거지?'

"왜긴 왜예요?"

검을 쥔 채 세라티가 뒤로 튕겨 나갔다.

"윽!"

바로스의 검력에 밀려서가 아니다. 그녀의 참격을 바로스가 비껴 흘리면서 자신의 힘에 자신이 튕겨 나간 것이다.

"세라티 경이 투기를 어설프게 다루니까 그런 거죠."

늦은 오후.

그녀는 오늘도 평소처럼 바로스에게 가르침을 받고 있었다. 예의상의 표현이 아니라 진짜 '가르침'이었다.

"물론 제 경지가 아직 낮다는 건 압니다만……."

재빨리 자세를 고쳐 잡으며 세라티는 이해가 안 간다는 표정을 지었다.

분명히 그녀가 더 빨랐다. 바로스의 움직임도 분명 느리게 보였다.

그런데, 공격하는 게 보이는데도 막을 수가 없다!

"이유는 간단합니다."

검을 빙빙 돌리며 바로스가 어깨를 으쓱였다.

"힘의 낭비가 너무 많아요."

아무리 빠르고 강하게 검을 휘두를 수 있다 해도 일단 휘두르고 나면 원래 자세로 돌아가는 데 딜레이가 있기 마련이다. 바로스는 이 딜레이를 노리는 것이다.

"이 딜레이를 줄이는 건 단순히 동작이 빠르다고 되는 게 아니죠."

정확한 자세와 완급 조절, 수백 번씩 반복해 군더더기를 없앤 움직임, 일격에 적재적소에 사용하는 기량, 적재적소가 어디인지를 순간적으로 파악하는 경험이 필요하다.

"경험이야 당장 어쩔 수 있는 게 아니겠지만……."

바로스가 재차 움직였다.

"적어도 움직임에서 군더더기는 없애야 할 것 아닙니까?"

또다시 그의 검이 우아하게 춤추기 시작했다.

여전히 느린데도 기묘하게 세라티의 전신을 파고드는 공격이었다.

'그래도 그렇지, 분명히 내가 더 빠른데…….'

피하고 막는 데만 급급하며 세라티는 한탄을 흘렸다.

평소엔 전혀 느낄 수 없는 허점이 왜 바로스와 싸울 때만 이렇게 펑펑 드러나는 걸까?

그렇게 1분쯤 지났을까?

어쩐지 바로스의 공세가 느슨해졌다. 세라티가 눈살을 찌푸렸다.

"왜 갑자기 봐주는 건가요?"

바로스가 멋쩍은 웃음을 지었다.

"봐주는 게 아니라 슬슬 지친 겁니다."

"표정은 봐주는 표정인데요?"

"아, 이거요? 이건 그냥 습관이고."

지칠수록 태연한 척 사기 치는 게 습관이어야 살아남을 수 있었으니까.

"하여튼 제 능력으론 이 정도가 한계입니다."

"벌써요?"

"투기도 못 쓰는 몸으로 이런 동작이 계속 가능할 리 없잖아요? 그나마 호흡과 완급 조절로 간신히 하는 거라고요."

"아……."

"오늘의 대련은 제가 졌군요."

"실전이라면 그 전에 제가 죽었겠지만요."

아무 말 없이 바로스는 빙그레 웃었다. 대답한 거나 다름이 없어 세라티가 눈을 흘겼다.

'흥, 죽이려면 벌써 죽였다 이거지?'

그늘을 찾아 바로스가 대충 주저앉았다.

"좀 쉽시다."

"네."

미리 떠다 놓은 물을 마시며 숨을 고른다.

문득 세라티는 바로스를 빤히 바라보았다.

'그러고 보면 나, 권속 되어서 딱히 나쁠 건 없네?'

사령술사의 권속이 되었을 땐 정말 각오를 단단히 했는데, 막상 지금 와서 생각해 보니 별로 문제 될 게 없었다.

카르나크가 사악한 명령을 내리는 것도 아니고 그녀의 심성이 악하게 변한 것도 아니다. 오히려 바로스에게 가르침을 받을 수 있어 얻는 것이 어마어마하다.

정해진 스승 없이 여기저기 어깨너머로 검술을 연마한 세라티였다.

타고난 재능과 노력 덕에 젊은 나이에 오러 유저가 될 수 있었지만, 내내 보다 높은 경지에 굶주렸던 차였다.

그런 의미에서 바로스는 정말 훌륭한 스승이었다.

세계 최강의 무인이었던 기억을 그대로 가지고 있고, 어지간히 유명한 검술은 죄다 수집했으며, 전투 경험이 풍부해 이론과 실전의 차이도 잘 짚어 준다.

이 사람 저 사람 빙의해 가며 싸운 경험 덕분인지 타인의 장단점에 대한 이해도도 굉장히 높다.

'맞아, 빙의. 그거 솔직히 좋았는데.'

문득 세라티는 황홀한 표정을 지었다.

몸 빼앗겼을 땐 공포에 떨었지만, 이제 와서 되새겨보면 끝내주는 경험이었다.

자신의 몸이 어떻게 움직이는지, 자신의 오러가 어떻게 흐르는지, 보다 높은 경지가 어떤 건지를 간접도 아니고 '직접' 경험한 것이다.

욕심이 생긴 그녀가 은근슬쩍 물었다.

"저기, 바로스 경. 그때처럼 또 제 몸에 빙의하실 순 없나요?"

"빙의요?"

"네. 몇 번만 더 경험해 보면 감을 잡을 수도 있을 것 같아서……."

바로스가 정색을 했다.

"그거 자주 하지 않는 게 좋아요."

"왜요?"

"실은 그 아이디어, 도련님이 먼저 냈었거든요."

벽에 막혀 고민하는 오러 유저의 몸에 바로스가 빙의한 뒤 높은 경지를 직접 느끼게 해 준다. 이렇게 하면 보다 쉽게 벽을 허물 수 있지 않을까?

이 가설을 증명하기 위해 몇몇 오러 유저를 붙잡아 실험해 본 것이다.

결과는 만족스럽지 않았다.

"세 번쯤 빙의를 반복하니까 미쳐 버리더라고요."

"……."

"빙의란 게 영혼 위에 타인의 영혼을 뒤덮는 행위잖아요? 본체의 영혼 자체가 혼탁해져서 결국 자아를 잃고 망령처럼 됩디다."

기가 막힌 세라티가 외쳤다.

"그런 위험한 짓을 저한테 한 거였어요?"

"그때야 목숨이 걸려 있으니 할 수 없이……."

세라티는 정신을 차렸다.

'역시 이 인간들은 방심할 수 없어.'

자칫 잘못하다간 무슨 꼴을 당할지 모른다. 건질 건 건지더라도 항시 긴장해야 한다.

"세 번째에 미쳤으면, 두 번까진 저질러도 된다는 거네요?"

"그게 왜 그렇게 해석이 되나요?"

뜨악해진 바로스가 세라티를 바라보았다.

'이 아가씨, 은근히 도련님이랑 사고방식이 비슷하네.'

아무리 무서워도 챙길 건 챙기고 싶은가 보다.

"자, 자! 위험한 짓이니까 생각 끄세요. 어차피 그런 짓 안 해도 세라티 경은 강해질 겁니다. 아직 나이도 젊잖아요."

"픕."

그녀는 실소를 흘렸다.

마치 손녀를 혼내는 할아버지 같아서 좀 웃긴다. 한창때의 20대 청년인 주제에 말이지.

'하긴, 바로스 경은 실제로는 나이가 많지?'

육체는 그녀 또래지만, 실제로 안에 들어 있는 건 100년 묵은 요괴.

그리고 카르나크 역시 마찬가지다. 둘 다 겉보기만으로 판단하면 안 된다.

"그나저나 카르나크 님은 요새 통 얼굴 뵙기 힘드네요."

문득 생각났다는 듯 세라티가 저택 쪽을 바라보았다.

"역시 영주님이라 그런가? 그간 밀린 업무가 많으실 테니."

바로스가 어깨를 으쓱였다.

"바쁘시긴 하겠죠. 밀린 업무 처리하는 것 때문은 아니겠지만."

제스트라드 저택 2층의 영주 집무실.

오늘도 카르나크는 업무 따윈 순식간에 처리한 뒤 본연의 일에 열중하고 있었다. 슈트라프에게서 빼앗은 종말의 어둠을 재가공하는 것이다.

아공간에 어둠을 흘려 이리저리 조작하며 한숨을 내쉰다.

"아, 귀찮네, 이거."

지금 그가 해야 할 일은 세 가지였다.

일단 슈트라프에게서 빼돌린 종말의 어둠을 혼돈마력으로 바꾸어야 한다.

이는 시간을 두고 진행해야 하는 일이었다.

아무리 카르나크가 사령왕의 지혜와 지식을 지니고 있더라도 몇 달은 걸리는 것이다.

정확히 말하면, 왕년에 사령왕이었으니까 몇 년씩 걸릴 걸 몇 달로 줄일 수 있는 것이지만.

그리고 대체 슈트라프가 무슨 수로 사령력과 신성력을 융합할 수 있었는지도 알아내야 했다.

역시나 당장은 답을 구할 수 없었다.

'많이 변질되긴 했지만, 그래도 아스트라 슈나프의 속성에서 크게 변한 것 같진 않은데.'

물론 카르나크가 미처 발견하지 못한 부분이 있을 수 있으니, 이 또한 장기간에 걸쳐 꾸준히 확인해야 할 부분이다.

'아니면 슈트라프 그 인간에게 뭔가 특별한 점이 있었다거나?'

그럴 가능성도 적었다.

알리우스에게 넘기기 전에 시체를 열심히 조사해 보기도 했지만 다른 성직자들과의 차이점은 발견하지 못했다.

그럼에도 가능성이 '없다'가 아니라 '적다'인 이유는, 조사한 시간이 길지 않아 미처 발견하지 못하고 놓친 부분이 있을 수도 있다는 점 때문.

어쨌건 슈트라프 쪽이 문제가 아니라면 다음 가능성을 염두에 둘 수밖에 없다.

사령왕
카르나크

'원래부터 내 권능에는 다른 기운과 융합할 수 있는 능력이 있었는데, 미처 그걸 모르고 있었다는 건?'

아주 말이 안 되는 이야기는 아니었다.

아스트라 슈나프가 된 카르나크의 권능은 사령력조차 초월한 궁극의 힘이었다. 기존의 사령력에 대한 상식에서 벗어나는 일도 충분히 가능하겠지.

하지만 이 역시 앞뒤가 안 맞는다.

아스트라 슈나프가 되고 70년을 지냈는데, 그동안 마력을 수없이 운용하고 또 운용했는데 본인이 그걸 몰랐다?

그 정도로 멍청했으면 애초에 사령왕이라 불리지도 못했다.

'사실 이걸 확인해 볼 방법이 없는 건 아닌데…….'

제일 편한 방법은 저 현상을 한 번 더 일으키는 것이다.

대충 적당한 성직자 골라서 강제로 종말의 어둠을 주입한 뒤 변화를 관찰하는 게 가장 빠르다. 예전의 그라면 분명 그렇게 했을 것이다.

'하지만 그러면 안 되는 거잖아, 지금은?'

그래서 이 문제도 일단 미뤄 뒀다.

어차피 제일 중요한 일은 따로 있었다.

'종말부터 막아야지.'

흩뿌려지는 종말의 어둠이 더 이상 세상을 잠식하는 걸 막아야 한다.

'일단 이것만 처리하고 나면 나머지는 천천히 해결해도 돼. 최소한 상황이 더 악화되진 않을 테니까.'

슈트라프에게서 어둠을 뽑아낸 덕분에 정보량은 충분했다.

종말의 어둠이 어떤 식으로 흐르는지, 시공간을 어떤 식으로 통과하는지도 대충 감이 잡힌다.

그래서 현재 카르나크는 아공간을 통해 '어둠의 눈'을 제작하고 있었다. 시공간을 탐사해 사령력의 흐름을 읽어 내는 마력체의 일종이었다.

열심히 종말의 어둠을 조작하다 말고 카르나크가 또 한탄을 내뱉었다.

"아, 진짜 귀찮네, 이거."

어둠의 눈을 시공간에 띄워 세계의 흐름을 읽어 내는 일은 마치 연을 날려 풍향을 파악하는 것과 비슷하다.

연의 재료 자체는 별로 안 들어간다. 연과 연결하는 실 역시 마찬가지다. 지금 카르나크의 사령력으로도 충분히 가능하다.

하지만 수법 자체가 쉽다는 의미는 결코 아니다.

연 역시 정밀하게 만들려면 굉장히 고도의 솜씨를 필요로 하지 않는가?

심지어 이건 하늘도 아니고 시공의 저편으로 날릴 권능체였다.

많은 사령력은 필요하지 않아도, 엄청나게 복잡하고 정교할 필요는 있는 것이다.

물론 사령왕이었던 카르나크조차 힘겨워할 정도의 난이도는 아니지만 손이 엄청나게 많이 간다.

비유하자면 도미노 수천 개를 세우는 행위랄까?

도미노 세우는 거야 누구나 할 수 있지만 그걸 수천 개씩 실패 없이 세우려면 상당한 기술과 정신력, 집중력이 요구된다.

심지어 아무리 솜씨가 좋아도 순식간에 끝내 버릴 순 없다. 지루한 반복 작업인 것이다.

"에휴, 예전이었으면 이럴 필요도 없었는데."

사령왕 시절이었다면 그냥 무한의 권능을 이용해 시공을 박살 내 버리고 슥 훑어보는 걸로 간단하게 끝냈겠지.

"아니지, 생각해 보니까 힘이 있어도 저렇게는 못 하는구나."

저건 온 세상에 '여기 죽음의 왕이 강림했노라!'라고 외쳐 대는 거나 다름없다.

"이제 와서 그럴 순 없지."

미련을 버리고, 카르나크는 다시 어둠 조작 작업에 열중하기 시작했다.

그 모습은 죽음과 어둠의 권능을 다루는 사악한 사령술사라기보단 차라리…….

'⋯⋯단추 다는 삯바느질하는 기분이구만, 이거.'

문득 카르나크가 창밖을 바라보았다.

슬슬 바로스와 세라티가 대련을 마칠 시간이었다.

'뭐 좀 건졌을라나, 그 녀석.'

세라티야 분명히 많은 걸 얻었을 것이다. 원체 텅 빈 그릇이니 뭘 채워도 채워 넣었겠지.

저 텅 비었다는 것도 어디까지나 카르나크 기준이긴 했지만.

문제는 바로스가 세라티에게서 원하는 걸 얻었느냐다.

바로스가 순수한 호의로만 세라티와 어울리고 있는 것은 아니다.

그녀를 지도하고 발전을 지켜보며, 그 과정에서 본인만의 투기 각성에 대한 실마리를 잡으려는 것이다.

그런데 도무지 오러 유저 됐다는 소식이 들려오질 않는다.

'나 참, 세계 최강의 무인이었던 놈이 아직도 저런 기초조차 통과 못 하는 게 말이 돼?'

※

같은 시각, 세라티 역시 똑같은 의문을 품고 있었다.

'세계 최강의 검사였다면서 이런 기초조차 통과 못 하는 게 말이 되나?'

오전의 대련 시간은 바로스가 스승, 세라티가 제자였다.

반면 오후의 수련 시간은 입장이 반대다.

"후우우……."

나무 그늘 아래 정좌한 채 바로스가 호흡을 고른다. 깊게 명상에 잠기며 가늘고 긴 숨을 천천히 내뱉는다.

"어때요? 뭔가 느껴지는 게 있나요?"

조심스러운 세라티의 질문에 바로스가 머쓱한 표정을 지었다.

"전혀 없네요."

"이상하네……."

도저히 이해 못 하겠다는 세라티를 보며 바로스가 물었다.

"세라티 양은 처음 투기 각성할 때 어땠는데요?"

잠시 생각하더니 세라티가 천천히 입을 열었다.

"나 자신을 관조하며 내면의 빛에 이끌려 손을 뻗고, 한 자루 검으로 화하여……."

"검술서 구절 같은 거 말고요."

어차피 대륙의 일류 검술서는 모조리 외우고 있는 바로스였다.

"그걸 몰라서 못 하는 건 아니거든요?"

세라티가 발끈했다.

"타스칼 검술은 모른다면서요?"

타스칼 유파는 유스틸 왕국 중부의 유서 있는 명문으로,

주로 모험가들 사이에 퍼져 있는 검술 유파였다. 그녀가 익힌 검술이기도 했다.

바로스가 머리를 긁었다.

"그러니까 일류 검술서는 다 외우고 있다고…….''

"아, 타스칼은 삼류 검술이다, 이거죠?"

"꼭 그런 건 아니고 좀 흔한 검술이다 정도?"

"그게 그 소리죠!"

세라티가 눈을 흘겼다.

멋쩍어하며 실실 웃다가 바로스가 말했다.

"좀 더 세라티 경만의 직관적인 느낌을 알려 주면 좋겠는데요."

"어, 그게…….''

그녀는 잠시 자신이 투기를 각성했을 때를 떠올렸다.

쓸데없는 미사여구 다 빼고, 솔직담백하게 그 순간만을 묘사하라면?

"……그냥 되던데요."

"그럴 줄 알았어요."

저건 투기 각성한 오러 유저 전원이 똑같이 하는 소리다.

하다 보니 되던데. 노력하니 되던데.

"역시 내 재능 문제인가?"

고민하는 그를 보며 세라티가 어이없다는 표정을 지었다.

"바로스 경이 재능이 없을 리가 없잖아요?"

오전 내내 사람을 그토록 바보 만들어 놓고 이제 와서 재능 없단 소릴 하면 자신은 뭐가 되나?

"투기를 다루는 재능과, 투기를 각성하는 재능은 다른 걸지도요."

바로스도 나름 스스로를 냉정하게 파악하고 있었다.

분명 그는 투기를 다루는 재능, 검을 다루는 재능, 몸을 쓰는 재능, 이 모든 것을 갖추고 있다.

"하지만 검을 만드는 재능과 검을 다루는 재능은 다른 법이잖아요."

검을 다루는 건 검사의 영역이지만, 검을 만드는 건 대장장이의 영역이다.

"어쩌면 투기 역시 비슷한 건지도 모르죠."

한숨을 쉬며 바로스가 다시 정좌를 하고 명상에 들어갔다. 또 투기를 느껴 보기 위해 시도하는 것이다.

물론 여전히 결과는 마찬가지였지만.

"아, 역시 안 되네."

지켜보던 세라티가 고개를 갸웃거렸다.

"그런데 제가 바로스 경에게 무슨 도움이 되긴 하나요?"

일단 물어보니 대답은 한다만, 자신이 뭘 해 줄 수 있는지 모르겠다.

어차피 그녀가 아는 건 바로스도 전부 안다. 그것도 몇 단계나 높은 수준으로.

"대체 제가 왜 필요한 거예요?"

"혹시 몰라서요."

바로스도 나름대로 생각이 있었다.

"개구리 올챙이 적 생각 못 한다는 이야기도 있잖아요."

바로스가 놀던 물은 개구리 중의 개구리, 슈퍼 왕개구리들의 무대였다.

그가 지닌 검술 이론들도 전부 저 왕개구리들의 것이었다.

"혹시 올챙이 이야기를 들어 보면 뭔가 다르지 않을까 싶어서……."

"……."

잠시 세라티는 생각했다.

'내가 이런 소리를 듣고도 얌전히 있어야 할까? 죽을 때 죽더라도 이 인간의 두개골을 후려갈겨야 하는 게 아닐까?'

물론 생각만 했다.

실행에 옮기기엔 너무 무서웠거든.

"에휴……."

그저 나오느니 한숨뿐이었다.

'그래도 명색이 오러 유저인데 이렇게 푸대접 받아 보긴 처음인 것 같네.'

타이밍 좋게 바로스도 똑같이 한숨을 내쉬었다.

"전생 때도 그렇게 노력했지만 결국 실패하고 도련님 힘으로 암흑투기 얻은 걸 생각하면, 진짜 이쪽 재능은 전무한가

싶기도 하네요."

시무룩한 그를 보며 세라티는 문득 다른 생각을 떠올렸다.

'그래도 그렇지, 너무 이상하지 않나?'

세상에 존재하는 어지간한 일류 검술은 다 알고 있다.

아무 투기나 손에 넣기만 하면 자신의 것처럼 노련하게 쓸 수 있다.

순수한 육체 능력도 엄청나고, 전투 감각도 뛰어나다.

경험이니 뭐니를 제외하더라도 바로스는 분명 타고난 전사였다. 이건 의심의 여지가 없었다.

그런데 투기를 각성하는 재능만 쏙 빠져 있어서 투기를 못쓴다?

'애당초 투기 각성의 재능이 무인의 재능과 완전 별개라는 게 가능한 이야기야?'

대장장이의 재능이랑 검사의 재능은 물론 다르다.

'하지만 검사가 검술을 맹렬히 수련하다가 대장장이의 기술을 터득하는 건 아니잖아?'

반면 투기는 검사가 검술을 맹렬히 수련하다 보면 터득할 수 있다. 그런 의미에서 무재의 연장선상이라 봐야 한다.

아무리 생각해 봐도 저 대장장이의 비유는 잘못된 것 같았다.

'뭔가 다른 이유가 있는 게 아닐까?'

카르나크가 제스트라드 영지로 돌아온 지도 어느덧 한 달 남짓이 지났다.

그동안 세라티는 제스트라드의 기사로 완전히 자리 잡았다. 바로스도 평소처럼 계속 투기의 실마리를 잡으려 끙끙대던 시간이었다.

그러던 어느 날, 카르나크가 두 사람을 불렀다.

"완성했다."

"오, 드디어?"

기뻐하며 바로스가 물었다.

"그럼 이제 다 끝나는 겁니까?"

"계획대로 잘 풀리면 그렇겠지."

사정 모르는 세라티만 의아해할 뿐이었다.

"뭐가 끝난다는 거예요?"

"아, 그런 게 있어."

"나중에 설명해 줄게요."

카르나크와 바로스, 세라티는 저택을 나설 준비를 했다.

명목상으론 마법의 경지를 한 단계 높이기 위해 영지 인근 숲속으로 들어가 자연의 정기를 받겠다는 것이었다.

물론 진짜 이유는 따로 있었다.

"우리 영지에서 어둠의 눈 띄우다 혹시 들키기라도 하면 어쩌려고?"

이것도 엄연히 사령술이다. 괜히 7여신교가 냄새라도 맡으면 일이 골치 아파진다.

"그러니 옆 동네, 데벤토르 영지에서 저지른다."

훌륭한 계책이라며 바로스가 고개를 끄덕였다.

"혹여 들켜도 또 데벤토르 쪽에 뒤집어씌울 수 있겠군요!"

"그렇지!"

세라티가 슬그머니 손을 들었다.

"저기, 나쁜 짓 안 하고 산다고 하시지 않았어요?"

"응? 이것도 악행이야?"

"……왜 그걸 나쁜 짓이 아니라고 생각하시는지가 더 궁금한데요."

"아니, 나쁜 짓인 줄 모른다는 소리가 아니라……."

카르나크가 무슨 정박아도 아니고, 선악의 구별조차 못하진 않는다.

그가 구별 못하는 건 선악의 '유무'가 아니라 '정도'다.

"이 정도는 다른 사람도 다 하는 짓 아니냐, 이 말이지."

어디까지나 일반인처럼 적당히 착한 짓도 하고 적당히 나쁜 짓도 하면서 무난하게 사는 게 목표지, 무슨 성인이나 현자처럼 악을 멀리하고 선만을 행하며 살겠다는 것은 아니었다.

세라티는 머뭇거렸다.

데벤토르 자작가라면 제스트라드 남작가의 오랜 앙숙으로 몇 번이나 피를 본 사이다. 심지어 전대 남작은 물론이고 카르나크의 형제들까지 죽인 바 있으며, 카르나크 본인조차도 저들에 의해 죽을 뻔했다.

그런 상대에게 죄를 뒤집어씌우는 것이 과연 '용납할 수 없을 정도의 악행'인가?

"그 정도는 남들도 다 하는 것 같긴 하네요……."

카르나크가 방긋 웃었다.

"그럼 어서 출발하자고."

데벤토르 영지 외곽의 한 숲속.

세 사람이 모닥불을 피운 채 모여 앉아 있었다. 사람들 눈을 피해 숲속 깊은 곳까지 들어온 카르나크 일행이었다.

밤하늘을 올려다보며 바로스가 물었다.

"얼마나 더 기다려야 돼요, 도련님?"

"아직이야. 밤이 정점에 달했을 때 구사해야 효율이 높다."

"이미 달 충분히 높이 뜬 것 같은데……."

"뭐, 얼마 안 남긴 했지."

세라티는 멍한 표정만 짓고 있었다.

아까 들은 이야기가 워낙 충격적이어서 아직도 정신이 없는 그녀였다.

'맙소사…….'

세계 정복이니 시공 회귀니 하는 것은 거창하기 짝이 없었지만 어디까지나 '남의 이야기'였다.

하지만 이건 당장 현실로 닥친 상황인 것이다.

'저 인간이 이 모든 사태의 원흉이라고?'

정황상 거짓일 가능성은 적다.

카르나크가 그녀를 속여야 할 이유도 없고, 그가 정말 신과 같은 존재였으며(사신이긴 하지만) 세상을 지배하기까지 한 초월자였다면 이 정도 사태를 일으킨 것도 아주 말이 안 되는 것은 아니다.

어쩌다 그녀 같은 평범한 인간이 이런 일에 엮이게 되었는지가 현실감이 없을 뿐.

'나름대론 나도 특별한 축에 낀다고 생각했는데…….'

20대에 투기를 각성한 천재 미녀 검사라는 타이틀조차 저들에 비하면 흔해 빠진 일반인이 되어 버린다.

그저 나오느니 한숨이었다.

"에휴……."

그렇게 조금 더 시간이 흘렀다. 모닥불 옆에 앉아 있던 카르나크가 몸을 일으켰다.

"슬슬 때가 됐군."

지금부터 뭘 하려는지는 세라티도 대충 들어 알고 있다.

그녀가 조심스레 물었다.

"이제 어둠의 문을 닫는 건가요?"

어둠의 문이 닫히면 더 이상 종말의 어둠도 내려오지 않고 세상도 더 이상 혼란스러워지지 않으며 환란도 가라앉게 될까?

희망 섞인 그녀의 질문에 카르나크가 코웃음을 쳤다.

"나보고 문을 닫으라고? 내가 지금 무슨 힘이 있다고 시공간에 직접 관여를 하겠어?"

시공 자체를 조작하는 건 실로 어마어마한 권능을 필요로 한다. 사령왕 시절이라면 모를까, 현재로선 어림도 없는 소리다.

"그럼 끝이라는 이야기는 뭔가요?"

"문 닫는 방법을 알아내겠다는 소리지."

시공에 영향을 받지 않는 투사체를 만들어 탐사하는 건 기교의 영역.

지금의 카르나크에게도 가능한 일이었다.

"방법을 알아내서 7여신교에 몰래 넘길 생각이야."

어둠의 문을 꼭 그가 닫을 필요는 없다. 누가 닫건 닫기만 하면 그만이다.

정보를 넘기는 방법도 별로 어렵지 않다.

"슈트라프를 상대하다 우연히 관련 정보를 얻었다고 하면 돼. 고서 위조하는 것도 귀찮으니 그냥 필사본이랍시고 넘기면 되겠네."

사령왕
카르나크

"혹시 7여신교가 무시하면요?"

"7여신교가 그 정도로 멍청하진 않지."

본인이 직접 상대해 봤으니 7여신교의 저력에 대해서도 잘 안다.

분명 진위를 파악할 테고, 실제로 먹히는 수법이란 걸 깨닫겠지.

"이후엔 알아서 잘하지 않겠어? 7여신교 힘 다 모으고 3인의 대마법사도 부르고 하면 그럭저럭 될 거다."

카르나크는 양손을 펼쳤다.

검은 기운이 피어올라 기이한 형상을 일구기 시작했다. 시공을 넘나들 탐사체, 어둠의 눈이었다.

이윽고 어둠의 눈이 하늘 높이 떠오르기 시작했다.

하늘이 요동친다. 먹구름이 회오리치며 시공의 문이 열려 공허를 토한다.

폭우가 쏟아지며 뇌성이 사방으로 터져 나간다!

……등등의 현상은 전혀 일어나지 않았다.

어둠의 눈은 그냥 소리 없이 떠올라 소리 없이 사라질 뿐이었다. 정말이지 썰렁할 정도로 아무 일도 일어나지 않았다.

살짝 실망한 세라티가 중얼거렸다.

"어째 조용하네요?"

"당연하지."

카르나크가 피식거렸다.

"시공에는 아무 변화도 없으니까."

시공의 문을 열고 어둠의 눈을 날린 게 아니다. 어디까지나 어둠의 눈 자체에 시공을 드나드는 속성이 있는 것이다.

"하늘에 연 띄운다고 막 폭풍이 불진 않잖아?"

"아, 그런 식인 거군요."

어둠의 눈은 무사히 시공 저편에 진입했다. 이제부턴 카르나크도 최대한 집중해야 할 때였다.

"이제 한동안 난 정신 줄 놓은 상태가 될 거다. 잘 지키고 있어."

긴장하며 바로스와 세라티가 검을 뽑아 들었다.

"넵!"

"예!"

눈을 감은 카르나크가 어둠의 눈 쪽으로 감각을 옮기기 시작했다.

거대한 공허가 눈앞에 펼쳐진다.

세계의 바깥이자 시공의 저편. 너무도 넓고 아득하게 멀어 도저히 끝이 가늠되지 않는 무한의 영역이다.

이 공허 앞에선 세계조차도 그저 작은 티끌에 불과.

한낱 인간의 인지로는 감히 이 무한을 실감할 수 없다. 그저 빈약한 상상만이 허락될 뿐이다.

인지해서도 안 된다. 무한을 실감해 버리는 순간 필멸자의 영혼은 미쳐 버리게 될 테니까.

하지만 이 공허를 인지하지 못하면 탐사도 할 수 없다.

필요한 만큼 취하고 필요한 만큼 무시하는, 실로 세밀한 감각 조율이 요구되는 작업이었다.

'자, 가 보자.'

인지하고, 무시한다. 또 인식하고, 무시한다.

끝없는 무시와 방임을 통해 영혼과 자아를 지켜 내며 공허를 유영한다.

억겁의 시간이 지나갔다.

찰나의 순간이기도 했다.

시간이 의미가 없어지는 혼돈의 영역 속에서 목표를 찾아 헤매고 또 헤맸다.

마침내 공허 저편에 거대한 형체가 보였다.

그것은 거대한 나무였다.

아니, 너무도 작디작은, 시들어 빠진 새싹 하나에 불과하기도 했다.

모순된 감각을 애써 무시하며 카르나크는 나무로 다가갔다.

가까이 다가가서 본 그것은 나무가 아니었다.

다 썩어 가는 거대한 해골의 무리, 나무처럼 양팔을 벌리고 무수히 뼈의 가지를 뻗은 채 목을 맨 시체의 형상이었다.

그는 쓴웃음을 지었다.

저 추악한 형태야말로 왕년의 사령왕이 지닌 권능의 본질이다.

세상을 지옥으로 바꾸고, 인류를 멸하고, 생과 사의 경계조차 부수며, 종국엔 현실과 환상조차 뒤섞어 버린 부정함 그 자체.

'나도 참 이상한 놈이었어. 뭐가 좋다고 저런 걸 뒤집어쓰고 있었는지, 원.'

혀를 차며 카르나크는 공허의 나무, 아스트라 슈나프로 다가갔다.

거대한 줄기가 피로 감싸여 있었다.

가지마다 암흑의 기류가 흐르고 있었다.

지독한 죽음의 기운이 새싹을 틔우고, 열매를 맺는다. 맺힌 과실이 무르익어 하나둘 떨어진다.

그때마다 시공이 미세하게 흔들리고 공허에 틈이 생긴다. 떨어진 과실이 공허 너머로 사라져 간다.

세상에 종말의 어둠이 뿌려진다……

'으, 정신 차려야지.'

홀린 듯 그 광경을 보다 말고 카르나크는 정신을 집중했다. 지금 중요한 것은 이 사태를 막는 것이었다.

"어디 보자, 그러니까……."

사령왕 카르나크

원래는 자신의 힘이었다. 그가 키우고 가꾼 권능이었다.

비록 변질될 대로 변질되었지만 기본적인 흐름은 변하지 않았다.

그 흐름을 타고 어둠의 눈을 천천히 움직인다. 휘몰아치는 암흑의 폭풍 사이로 가장 짙은 어둠이 느껴진다.

'저쪽인가?'

이대로 권능 내부로 진입해 정보를 빼낸다. 그리고 이 변질된 공허의 권능이 더 이상 세상에 관여하는 것을 막을 방법을 찾는다.

계속 접근하며 카르나크는 잠시 자신 없는 태도를 보였다.

'계획대로 잘 풀리면 좋겠는데…….'

바로스와 세라티 앞에선 큰소리 뻥뻥 쳤지만, 사실 그라고 이 계획에 확신을 가진 것은 아니었다.

공허를 수색하는 것까지야 자신이 있었지만 수색이 반드시 단서로 연결되리란 보장은 없는 것이다.

설령 단서를 잡는다 해도 그것이 꼭 해결책으로 연결되는 것도 아니고.

그런데 왜 큰소리쳤냐고?

'굳이 미리 불안감 줄 필요 없잖아. 방법 없으면 그건 그때 고민할 일이지.'

드디어 아스트라 슈나프 근처까지 다가왔다.

전설의 세계수를 연상케 하는 탁기의 거목 앞에서 어둠의 눈이 천천히 선회했다.

'어디로 진입해야 하려나?'

그렇게 적당한 진입로를 물색하던 중이었다.

갑자기 목소리가 들렸다.

"물러나라, 필멸자여……."

카르나크는 기겁했다.

이 무한의 공허에선 결코 존재할 수 없는 목소리였다.

"뭐, 뭐야, 이거?"

소리가 이어졌다.

"이는 사라질 운명의 존재에게 허락되지 않은 영역이로다."

당황하며 그는 자신의 권능이었던 어둠의 거목을 힐끔거렸다.

'설마 저게 말을 하는 건 아니겠지?'

혹시 몰라 조심스레 반문해 보았다.

"……누구냐, 너?"

"나는 죽음이다."

의외로 대답은 순순히 돌아왔다.

"죽음이자 어둠이며, 파괴하는 운명이다."

너무 뜬금없는 소리라 대답이 되지 않았을 뿐.

동시에 거센 풍랑이 밀려왔다. 보이지 않는 힘이 어둠의 눈을 폭풍 속의 가랑잎처럼 격하게 흔들어 댔다.

사랑왕
카르나크

"큭, 으윽!"

카르나크는 혼란에 빠졌다.

워낙 강대한 기운이라 어둠의 눈이 제어가 되지 않았다.

"젠장! 이게 무슨 일이야, 도대체!"

더욱 혼란스럽게 만든 건, 그를 밀어내는 이 힘이 종말의 어둠이었다는 점이다.

'뭔가가 내 힘을 자기 멋대로 다루고 있다고?'

거대한 영기의 나무, 아스트라 슈나프에서 한차례의 파문이 퍼져 나왔다.

콰아아앙!

파문에 휩쓸린 어둠의 눈이 점점 찢겨 나간다. 흐려지는 의식 속에서 웅장한 목소리가 들려온다.

"테스라낙의 이름으로 명한다."

그것이 마지막이었다.

"떠나라, 가련한 필멸자여……."

카르나크의 의식이 빠르게 지상으로 추락하기 시작했다.

"우, 우와아아악!"

⁂

귓가에서 앵앵대는 소리가 들린다.

"……련님!"

"……르나크 님!"

바로스와 세라티의 목소리였다.

카르나크는 애써 눈을 떴다. 조금씩 시야가 돌아오고 있었다.

"정신이 드십니까? 저 보여요?"

"괜찮으신가요?"

신음하며 그는 간신히 몸을 일으켰다. 그리고 주위를 돌아보며 물었다.

"무슨 일이 있었던 거지?"

"무슨 일이라뇨……."

열심히 카르나크를 지키고 있었는데 갑자기 몸을 파르르 떨더니 픽 쓰러지더라. 놀라서 얼른 편히 누인 뒤, 팔다리 주무르고 있었다.

이게 바로스의 설명이었다.

"계획이 잘 안된 겁니까?"

"잘 안되고 뭐고 간에……."

혼란스러운 머릿속을 정리하며 카르나크가 바로스를 돌아보았다.

"그, 사교도들이 믿는 신 이름이 뭐랬지? 죽음의 신인가 뭔가……."

"네? 어, 그게……."

바로스는 머뭇거렸다. 워낙 어처구니없는 이야기다 보니

그 역시 제대로 기억해 두질 않았다.

대신 세라티가 입을 열었다.

"테스라낙 말인가요? 검은 신의 교단이 섬긴다는 죽음과 어둠의 파괴신……."

"맞구만, 테스라낙."

다시 한번 확인했다. 그 목소리는 분명 자신을 '테스라낙'이라 칭하고 있었다.

"나, 그놈 만났다."

"엥? 테스라낙요?"

"어, 그래. 그거."

바로스는 눈을 깜박였다.

만나다니? 테스라낙을? 죽음과 어둠의 신을?

"……테스라낙이라는 게 실제로 존재할 수 있는 거였어요?"

카르나크는 인상을 쓰며 하늘을 올려다보았다.

"아니, 절대 있을 수 없어."

여전히 평범한 밤하늘이었다.

하지만 저 너머에서 일어난 일은 결코 평범하지 않았다.

"그런데 저게 왜 존재하지?"

오로지 어둠만이 존재하는, 위도 아래도 없는 아공간.

짙은 베일로 얼굴을 가린 세 남녀가 허공에 서 있었다.

죽음의 교황, 어둠의 법왕, 파괴의 성녀.

테스라낙을 섬기는 검은 신의 교단을 이끄는 3인의 성인들이었다.

세상은 이들을 사교도의 수괴, 질서를 어지럽히는 사악한 마인으로 치부하지만 검은 신의 교인들에겐 그 누구보다도 성스러운 이들일 뿐이다.

사내의 목소리가 어둠 사이로 울렸다.

"성역에 이상이 생겼소."

"어찌 그럴 수가 있지?"

또 다른 사내가 의문을 표했다.

"성역은 그 무엇도 범접지 못하기에 성역이거늘."

"모르겠소. 허나 분명히 일어난 일이오."

여인이 차분한 목소리를 냈다.

"확인해야겠군요."

어둠이 사라졌다. 세 남녀의 형체도 어둠 속에 녹아들었다.

주위가 바뀌었다. 새하얀 대리석으로 치장한 우아한 별실에서 여인이 눈을 떴다.

푸른 눈동자에 갈색 피부, 풍성한 금발을 허리까지 드리운 아름다운 여인이었다.

몸을 일으키며 그녀가 중얼거렸다.

"성역이 침범당했다? 신기한 일이네."

여인이 마법의 종을 울렸다.

딸랑딸랑!

이내 어린 하녀 1명이 별실로 달려왔다. 파들파들 떨며 하녀가 고개를 숙였다.

"부르셨습니까, 엘레자르 님."

그 모습에 여인, 엘레자르는 실소했다.

그녀를 시켜 심복을 호출할 셈이었는데, 어째 새로 온 하녀라 그런지 과하게 긴장하고 있는 것 같았다.

엘레자르가 부드럽게 웃으며 하녀를 달랬다.

"너무 그렇게 떨 필요는 없단다."

"죄, 죄송합니다!"

물론 하녀는 긴장을 풀 수 없었다.

겉보기엔 30대 초반의 미녀로 보이지만 실은 이미 50이 넘은 엘레자르였다.

인간의 한계를 아득히 초월한 마력이 육체의 노화조차 늦추게 해 젊어 보이는 것뿐이다.

모든 마법의 정점에 도달한 3인의 대마법사 중 1인이자 라케아니아 제국의 황실 마도사.

10서클의 추구자, 엘레자르 데 리플라시온.

인세의 최강자 중 하나인 그녀를 상대로 어찌 일개 하녀가 긴장을 풀 수 있을까?

여전히 파들파들 떠는 하녀를 보며 엘레자르가 명을 내렸다.

"가서 휴델 좀 불러 주겠니? 내가 찾는다고만 하면 돼."

"예, 엘레자르 님."

킹스 오더

정체불명의 존재, 테스라낙과 조우하고 한 달이 지났다.

그동안 카르나크는 두 번 더 공허에 진입을 시도했다. 어둠의 눈을 만들고 띄우는 과정을 반복한 것이다.

하나 만드는 데 보름씩 걸렸으니 두 번이 한계였다.

하지만 건진 것은 없었다.

그나마 첫 조우 땐 근접한 거리까지 갈 수 있었다. 하지만 두 번째엔 아예 근처에도 가지고 못했고, 세 번째엔 위치 파악조차 불가능했다.

명백하게 누군가가 그의 접근을 경계하며 막고 있다는 의미였다.

"그래서 탐사는 더 이상 안 하기로 했다."

바로스와 세라티를 부른 뒤 카르나크가 상황을 설명했다.

"더 했다간 역으로 내 위치가 특정될 것 같더라고. 너무 위험해."

상대의 정체도 모르는데 이쪽의 정보를 계속 넘겨주는 것은 어리석은 일이다. 적당한 선에서 자제할 필요가 있다.

바로스가 물었다.

"그럼 알아낸 것이 없는 겁니까, 도련님?"

"아주 없는 건 아니지."

뭔가 의지를 지닌 존재가 있고, 카르나크의 옛 권능에 영향력을 미치고 있다는 사실을 알아내지 않았나?

"그게 뭔지부터 파악해야 해. 그래야 종말의 어둠 문제를 해결하건 말건 하지."

"일단 검은 신의 교단과 관련이 있는 건 확실하네요."

"그렇겠지. 테스라낙 운운했으니까."

문제는 이 상황에서 검은 신의 교단이 어떤 입장이냐는 거다.

"내가 전에 말한 적 있지, 바로스?"

지금 이 사태는, 카르나크가 금화를 한 무더기 뿌렸더니 개나 소나 주워 가는 상황에 비유할 수 있다.

"그런데 알고 보니 금화가 열리는 나무가 따로 있었다는 거지. 보통 사람들 눈엔 보이지도 않는 엄청나게 높고 거대한 금화 나무가."

"그래서요?"

"누군가 그 나무를 볼 수 있는 사람이 있다면? 그래서 그 사람이 장대로 열심히 나무를 때려 금화를 떨어트리고 있다면? 그 와중에 다른 놈이 금화 나무에 접근하자 장대를 휘두르며 꺼지라고 난동을 부린다면?"

검은 신의 교단이 금화 줍는 놈들인지, 아니면 장대를 휘두르는 놈들인지가 문제다.

그냥 떨어지는 금화 아무 생각 없이 줍는 놈들이라면 별문제가 아니다. 하지만 장대를 휘두르는 놈들이라면?

"사안이 심각해지지."

세라티가 눈을 깜빡였다.

"……그게 그렇게 심각한 문제인가요?"

"장대라고 비유하니 감이 안 오는 모양인데, 세라티. 그건 시공 저편까지 권능이 닿는다는 의미야."

"카르나크 님이 하신 것도 시공 저편에 권능을 보낸 것이잖아요?"

"전혀 달라."

카르나크의 수법은 어둠의 눈을 이용해 공허 내부를 살피는 것에 불과하다. 딱히 무슨 영향력을 줄 수는 없다.

"10킬로미터 밖을 원거리에서 살피는 것과, 10킬로미터 밖의 사물을 원거리에서 직접 움직이는 것만큼이나 차이가 난다고."

시공의 저편까지 권능의 영역을 넓힌다?

이는 아스트라 슈나프가 된 카르나크조차도 수십 년에 걸친 실패 끝에 간신히 가능했던 일이다. 시공 회귀의 술법이 그것이니까.

"내가 절대 있을 수 없는 일이라고 한 이유가 이거다."

시공의 저편에 존재하는 카르나크의 옛 권능에 손을 뻗으려면, 사령왕 시절의 카르나크조차 초월하는 절대적인 권능을 지니고 있어야 하는 것이다.

"정말 그 정도 힘이 있다면 굳이 금화만 떨어트리고 있을 필요가 없겠지? 그냥 나무를 뽑아 버리면 되니까."

"계속 금화 따먹고 싶어서 일부러 내버려 두는 걸지도 모르잖아요?"

"비유의 의미로 나무라고 한 거지 정말로 종말의 어둠이 계속 열리는 건 아니거든."

아무리 생각해 봐도 현 상황은 이해가 가질 않았다.

"현세에서 공허 너머로 영향력을 보낸다는 건 말이 안 돼. 그 정도 힘이 있다면 굳이 저런 짓을 할 필요가 없어. 하지만 이렇게 되면 공허 내에 테스라낙이란 놈이 따로 존재한단 소리가 되는데, 대체 어디서 저런 놈이 갑자기 툭 튀어나왔느냐 말이지."

중얼거리는 카르나크를 지켜보던 세라티가 조심스레 입을 열었다.

"저기, 이런 건 어떨까요?"

이래저래 전설이며 영웅담 같은 걸 좋아한 그녀였다. 마법에 대해 아는 것이 거의 없으니 오히려 마법사라면 떠올리지도 못할 상상도 가능했다.

"혹시 카르나크 님의 권능이 그 자체로 일종의 자아를 지닌 존재가 되었다면요?"

바로스가 코웃음을 쳤다.

"말이 돼요? 그럼 세라티 경의 오러도 따로 유령이 돼서 돌아다니게요? 말 걸면 대답도 해 주겠구만."

반면 카르나크는 비웃지 않았다.

"당연히 말도 안 되는 소리긴 한데, 상황 자체가 워낙 어이가 없으니 무시할 수도 없겠군."

마법학의 상식은 차치하고 현상만 봤을 땐 은근히 그럴듯한 가설이다.

장대를 휘두르는 놈이 존재하는 게 아니라, 나무 자체가 스스로 종말의 어둠을 흘리고 스스로 가지를 휘둘러 접근하는 놈들을 막고 있다면 대충 앞뒤는 맞게 되는 것이다.

바로스가 눈살을 찌푸렸다.

"그건 너무 넘겨짚는 것 같은데요?"

그럼 저 영기의 나무가 테스라낙이란 이름을 스스로에게 붙였단 말인가? 검은 신의 교단에 힘 나눠 주면서 죽음의 신 노릇 하는 것도 스스로의 의지고?

단순히 기운일 뿐이던 것에서 저절로 자아가, 무에서 유가 탄생했다?

"이러면 도련님이 신을 만들었다는 소리가 되는데요? 에이, 아무리 도련님이 대단하시다지만 이쯤 되면 자의식 과잉……."

얼굴을 붉히며 카르나크가 항변했다.

"누가 신을 만들었대? 넘겨짚는 것 말고 할 수 있는 게 없으니까 그렇지."

그래, 결국 이게 문제다.

아는 게 없다는 것.

"당장은 어찌할 방법이 없다. 저 테스라낙이란 놈에 대해 더 알아보기 전에는 말이지."

그리고 현세에서 테스라낙에 대해 알아보는 방법은 하나뿐이었다.

"역시 검은 신의 교단을 조사해야겠는데……."

전생과 현세를 통틀어 오직 저들만이 그 이름을 입에 담았다.

카르나크가 미간을 찌푸렸다.

"……지금의 내가 놈들을 조사하려면 어떻게 해야 하지?"

혼란의 시대.

대륙 곳곳에서 사령술사들이 창궐하였으니 이에 7여신교는 심문관 제도를 부활하고 제도를 정비해 맞섰다.

특별히 양성된 이 심문관들이 여러 협력자들과 함께 사령술사들을 사냥하고 심판했으니, 이 협력자들은 어둠사냥꾼이라 불리게 되었다.

하지만 이것만으로 대응할 수 없는 사태도 있었다.

대륙 전역에 세력을 떨치는 사교단, 검은 신의 교단이 그것이었다.

초반엔 속세의 왕국들도 딱히 검은 신의 교단을 신경 쓰지 않았다.

세상이 혼란해지면 온갖 사교도가 들끓는 것은 필연이었다. 저들 역시 그런 흔한 사태의 일종이라고만 여겼다.

하나 검은 신의 교단은 여태 봐 온 사교단과는 궤를 달리했다.

테스라낙이라는 죽음의 신을 섬기는 이 사교단은 실로 놀라운 속도로 세력을 확장하고 있었다.

그 속도가 너무나 무시무시해 어느새 대륙 전역으로 퍼져나갔으니, 슬슬 7여신교뿐 아니라 속세의 권력자들조차도 좌시할 수 없는 위협이 되었다.

검은 신의 교단에는 고위 귀족, 심지어 왕족이나 대영주까지 속해 있었던 것이다.

도대체 아쉬울 것 없는 지위를 지닌 이들이 왜 저런 사교에 빠졌는지는 알 수 없지만, 중요한 것은 저들이 각국의 고위층이란 점이었다.

단순히 사령술사 개인을 사냥하는 권한은 7여신교에 허락할 수 있다. 이는 '치안'의 영역이다.

하지만 세력을 지닌 고위층이 얽혀 들어가면 이는 '정치'나 '반역'의 영역이 된다. 이것까지 7여신교가 관리하려면 그만큼 권한도 커져야 한다.

고위 귀족, 심지어 왕족조차도 뜻대로 처벌할 수 있어야 효과적으로 상대할 수 있는데 이는 속권이 교권에 침해당하는 심각한 사태인 것이다.

그래서 7왕국 연합은 따로 전담 기관을 설립했다. 성직자가 아닌 이들에게 직접 감찰관의 권한을 부여해 사교도를 상대하게 한 것이다.

오직 검은 신의 교단만을 사냥하는 왕실 직속 특무기관, 킹스 오더가 그것이었다.

─────※─────

입을 오물거리며 카르나크가 물었다.

"테스라낙에 대해 조사하려면 역시 사교단의 고위직 정도는 잡아야겠지?"

까드득거리며 바로스가 대답했다.

"일개 신도들이 중요한 정보를 알고 있을 리가 없을 테니까요."

입안 가득 퍼지는 참깨 향의 고소함을 음미하며 카르나크가 말을 이었다.

"고위직을 붙잡으려면 우리끼리는 영 힘들 테고."

달콤한 설탕 크림을 혀로 핥으며 바로스가 고개를 끄덕였다.

"쥐도 새도 모르게 숨어 있는 놈들인데 지금처럼 동네 사령술사 사냥하면서 우연히 걸리길 바라는 건 무리죠. 잘해봐야 졸병이나 잡겠지."

심각한 얼굴로 카르나크는 입속의 내용물을 꼴깍 삼켰다.

"역시 킹스 오더에 들어가야 하려나?"

바로스도 진지하게 입가에 묻은 설탕 자국을 닦으며 대꾸했다.

"그렇겠죠?"

"두 분 다, 굉장히 중요한 이야기를 나누고 있다는 건 알겠는데요……."

옆에서 지켜보던 세라티가 이해할 수 없다는 듯 물었다.

"어떻게 이런 심각한 상황에 과자가 입에 들어가요?"

두 사내가 격하게 항변했다.

"당연히 들어가지!"

"그럼요! 이거 먹으려고 시간까지 되돌렸는데!"

"아, 매번 먹어도 맛있다."

"그러게 말입니다요."

그렇다.

아무리 세상의 운명이 흔들리고 종말이 닥쳐온다 해도, 중요한 일과를 포기할 순 없는 것이다.

바로 오후의 간식 시간이다.

"……."

세라티는 그저 침묵했다.

다 큰 사내 둘이서 소녀들처럼 과자 그릇 앞두고 까르르거리는 걸 보고 있자니 참, 뭐라 해야 할지 모를 기분이었다.

'의외로 불쌍한 면도 있는 것 같고?'

카르나크는 오히려 그녀가 이해가 안 간다는 표정이었다.

"세라티는 과자 안 먹어?"

"단거 안 좋아해요."

순간 두 사람은 깊은 충격에 빠졌다.

"헉!"

"세상에!"

"어떻게 단걸 안 좋아할 수가 있지?"

"인생의 행복 절반은 포기했구만요."

한숨을 쉬며 세라티가 과자 쟁반을 치웠다.

"대충 다 드셨으면 의논이나 마저 하시죠."

그 와중에도 각자 남은 과자를 한 움큼 챙기는 걸 보니 절대 먹다 남길 생각은 없는 듯했다.

손안의 과자를 소중하게 쥔 채 카르나크가 진지한 표정을 지었다.

"자, 그럼 킹스 오더에 들어갈 방법을 고민해 보자고."

유스틸 왕국 역시 킹스 오더를 창설한 뒤 검은 신의 교단, 일명 암흑교단을 사냥하는 중이었다. 이 정도는 카르나크도 소문을 들어 알고 있었다.

마찬가지로 솥뚜껑만 한 손바닥에 알록달록 사탕을 올려놓은 바로스가 근심 어린 표정을 지었다.

"듣자 하니 벽이 높아도 보통 높은 게 아니던데요."

단순한 사령술사 사냥이 아니니만큼 킹스 오더에 주어진 권한은 엄청나다.

상대가 귀족이나 왕족이더라도 즉시 체포 및 심문이 가능하며, 심지어 증거만 확실하다면 즉결 처형권까지 지니고 있다.

이 정도 권한을 주지 않고서야 은밀하게 암약하는 암흑교단을 상대할 수 없는 것이다.

당연히 악용되면 엄청난 혼란을 야기할 것이기에 킹스 오더의 선발 조건은 엄청나게 까다롭고 엄격하다.

왕가에 대한 충성심, 7여신에 대한 독실한 신앙, 거기에 뛰어난 무력과 전투력도 지니고 있어야 하며 사령술을 상대할 풍부한 경험도 요구한다.

"우리도 나름 데라트 시티에선 어둠사냥꾼으로 명성을 날리긴 했지만, 이 정도로 과연 입단 조건이 될까?"

"조건이 맞고 안 맞고가 문제가 아니죠."

그 전에, 킹스 오더의 문턱을 넘을 방법조차도 당장 없었다.

단순하게 실력만 높다고 전부가 아니기에 킹스 오더는 철저하게 추천제로만 이루어진다.

물론 카르나크에게도 알리우스라는 7여신교 쪽 인맥이 있긴 하지만…….

"킹스 오더는 어디까지나 왕실 직속 기관이지."

일개 지방 귀족일 뿐인 카르나크에게 왕실 쪽 인맥이 있을 리가 없었다.

"차라리 실력 위주로만 인원을 선발하면 어떻게든 되겠는데……."

"그러게요. 무슨 공개 입단 테스트가 있는 것도 아니고……."

"너무 지방에만 처박혀 살았나, 이거?"

"할 수 없죠. 이런 일이 생길 줄 알았나요, 어디?"

"어쩌지? 무턱대고 수도로 가서 대뜸 킹스 오더 본부를 찾아가 봐?"

"너무 막무가내 아니에요?"

"달리 방법이 없잖아, 지금."

심각한 얼굴로 카르나크와 바로스는 고민에 빠졌다.

물론 그 와중에도 손안에 쥔 과자며 사탕은 냠냠 잘도 먹고 있었지만.

얌전히 듣고만 있던 세라티가 입을 열었다.

"그러니까 카르나크 님, 지금 킹스 오더가 되는 게 목적이신 거죠?"

"왜? 혹시 아는 인맥이라도 있어?"

"있는 정도가 아니라, 원하시면 당장이라도 입단 지원은 하실 수 있을걸요."

"엥?"

"우리가요?"

세라티의 인맥은 두 사람도 이미 아는 이였다.

"알리우스 씨가 있잖아요."

물론 두 사람이 알리우스를 처음부터 배제한 이유도 있다.

"킹스 오더는 왕실 직속이라며?"

"7여신교와 별개 조직 아니었어요?"

그녀가 둘의 오해를 정정해 주었다.

"별개의 독립 조직인 것은 맞는데, 그렇다고 아예 연관도 없는 건 아니거든요."

아무리 각 왕실이 독자적으로 사교도 사냥을 나서려 해도 7여신교를 배제할 순 없다. 사령술사를 상대하려면 강력한 성직자의 존재는 필수니까.

이런 이유로 각 왕실은 7여신교의 고위 성직자 역시 왕실 직속으로 두길 원했다.

당연히 7여신교도 처음엔 난감해했다.

이단 심문의 권한은 위대한 여신의 이름으로 행해져야 한다. 오직 성직에 임하는 자만이 그에 따른 의무를 수행할 자격이 있다.

그런데 심문관의 권한을 일반인에게 주고, 심지어 그 밑에 성직자를 수하로 붙인다?

여러모로 교리상 문제가 생기는 것이다.

실제로 원리주의자들의 반대도 많았다고 한다.

하지만 현실을 무시할 수도 없었다.

현재 7여신교는 대륙 전역에 창궐하는 사령술 사건만으로도 벅찬 상황이었다. 속세의 권력이 검은 신의 교단을 맡아 준다면 큰 힘이 될 것은 분명했다.

"실제로 암흑교단이 개입된 사건에서 7여신교가 고초를 겪은 경우도 꽤 있다고 하고요."

정치적 문제와 얽히게 되면 속세에서 한 발 떨어져 있는 7여신교로서는 불필요한 시간 낭비를 감수하지 않을 수 없다.

즉, 각국의 왕가가 상황을 주도하는 것 자체는 7여신교로서도 찬성할 일이다.

그래서 절충선을 찾았다.

킹스 오더는 어디까지나 왕가 직속, 하나 그 구성원은 7여신교가 추천을 통해 결정하며 혹여 왕가가 직접 임명할 경우 7여신교의 감사를 받아야 한다는 조건이었다.

이렇게 하면 속세의 지배자들이 심문관의 권력을 함부로 남용하는 것도 막을 수 있으며, 또한 교리상의 허물도 어느 정도 가려진다.

각국의 왕가도 이 조건을 받아들였다.

어차피 7여신교에서 성직자를 지원받아야 할 처지인지라 마냥 고집을 피울 수도 없었다.

"……이런 이유로, 알리우스 씨에게도 추천인 권한이 있다는 이야기예요. 1급 심문관이니까."

설명을 듣던 카르나크가 문득 의아해했다.

"세라티는 이런 이야기를 어떻게 알고 있어?"

이건 소문 정도로 파악할 수 있는 정보가 아니다. 꽤나 깊이 관련된 사람만이 알 수 있는 기밀이 아닌가?

"그야 알리우스 씨 본인한테서 들었으니까요."

세라티가 빙그레 웃었다.

"애초에 저랑 릴테인 씨는 킹스 오더 입단 추천을 받을 예정이었거든요."

카르나크 일행이 처리한 트리스트 시티 사건이 일종의 테스트였다는 것이다.

세라티는 오러 유저, 릴테인은 6서클의 마법사였으니 둘

다 실력은 충분하다. 그간 많은 사령술사를 사냥하며 실전 경험도 증명되었다.

"그래서 슈트라프 주교 문제까지 해결하면, 확실히 킹스 오더의 자격이 입증될 거라 하더군요."

사실 트리스트 시티 건은 단순한 사교도 사냥을 넘어선 사 안이었다. 한 도시를 장악한 권력자가 상대이니 원래는 킹스 오더의 일이다.

"하토바 교단의 치부이다 보니 어떻게든 내부에서 해결하려고 한 거였죠. 그리고 나서 우리를 킹스 오더에 추천해 쓸 만한 인재도 보내 주고, 덤으로 월권행위에 대한 변명도 할 셈이었다던데요. 수도로 진출해 보다 큰일을 할 수 있으니 저희도 반대할 이유가 없었고요."

카르나크가 고개를 끄덕였다.

"그렇군. 미리 언질을 받았단 말이지……."

바로스가 이상하다는 듯 물었다.

"왜 우린 그런 이야기를 미리 못 들었죠?"

"그게요, 이제 와서 말하긴 좀 웃기는 이야기인데……."

세라티가 고소를 지었다.

"두 사람은 약해 보이잖아요?"

"약해?"

"우리가?"

"그러니까 서류상으로는요."

물론 세라티는 카르나크와 바로스가 얼마나 괴물인지 잘 안다.

저들의 비밀에 대해 모르는 알리우스나 릴테인도, 싸우는 모습을 직접 봤으니 실제론 보통 실력자가 아님을 확신하고 있다.

하지만 이걸 남에게 설명해야 한다면?

카르나크는 4서클의 마법사일 뿐이고 바로스는 아직 투기도 각성 못 한 일반 기사에 불과하다.

실제 실력은 분명히 뛰어나지만 서류상으로는 영 평범한 것이다.

"그래서 일부러 두 분도 트리스트 시티 사건에 부른 거예요. 기량은 평범하더라도 사령술사 상대로는 전문가라는 걸 증명하기 위해서."

"그래서 그 사건까지 해결하고 나면 우릴 꼬드길 생각이었다, 이거구만?"

"네."

"그런데 왜 아무 말도 없었지?"

"알리우스 씨가 이야기 꺼낼 틈도 안 주셨잖아요."

뭔 말을 하기도 전에 카르나크가 먼저 영지로 귀환한다고 선언해 버렸다.

"그랬지, 참."

이제야 이해가 간다는 듯 바로스가 중얼거렸다.

"어쩐지 유독 아쉬워하더라니."

쓸 만한 협력자를 잃었다기엔 실망한 표정이 과해서 좀 이상하게 여기긴 했었다.

"가만, 그러면 우린 그냥 도로 알리우스 씨를 찾아가기만 하면 되는 겁니까?"

"네."

세라티가 자신 있게 대답했다.

"분명 곧바로 추천서 써 줄걸요."

목표가 정해졌으니 머뭇거릴 이유가 없다. 카르나크와 바로스, 세라티는 여행 준비에 들어갔다.

하지만 정작 데라트 시티로 떠나진 못했다.

"아이고, 안 됩니다!"

노집사 타펠의 격한 반대 때문이었다.

"영주님이 안 계시면 우리 영지는 누가 다스린단 말입니까?"

카르나크로서는 미처 예상치 못한 상황이었다.

"아니, 뭘 새삼스레 이제 와서……."

이전에도 몇 달, 심지어 반년 넘게 자리를 비우지 않았던가?

원래 지방 귀족 중에는 영지를 대리인에게 맡기고 중앙에서 정치에 뛰어드는 일들이 굉장히 흔하다.

영주 자신이 1년 내내 직접 영지를 관리하는 경우는 정말 변경의 시골뜨기가 아니고서는 거의 없다고 해도 무방할 정도다.

몇 달은 중앙에서, 몇 달은 영지에서 일하며 관리하는 게 일반적인 케이스다.

즉, 카르나크도 별문제는 없었다.

지금까지는 말이지.

"이전에는 목숨이 걸린 상황이 아니었잖습니까!"

데벤토르 자작가의 위협 때문에 자리를 비웠을 땐 어쩔 수 없었다. 그땐 달리 선택의 여지가 없었으니까.

이후 데라트 시티로 향했을 땐 굳이 반대할 이유가 없었다. 어디까지나 수도에 마법 공부하러 가는 것이었으니까.

그래서 이후에 카르나크가 사령술사 잡겠다며 설친다는 소리를 들었을 때는 기쁘기도 하고 걱정도 태산이고 그랬다.

그런데 이젠 아예 킹스 오더가 되겠다고? 저 무시무시한 암흑교단과 싸우러 가겠다는 소리가 아닌가?

"언제 목숨을 잃을지 모르는 위험한 일이 아닙니까?"

"괜찮아. 난 안 죽을 거니까."

"세상 모든 젊은이들이 그렇게 말합니다! 죽음이 어디 사람 봐 가면서 피해 다닌답니까?"

"그, 그것도 틀린 말은 아니지만⋯⋯."

꼬장꼬장한 노집사를 바라보며 카르나크가 신경질적으로 물었다.

"대체 어쩌라는 거야? 그냥 이대로 영지에 처박혀 있으라고?"

"물론 그런 의미는 아닙니다."

오직 제스트라드 남작가만을 생각하는 충성스러운 노집사 타펠은 단호하게 선언했다.

"성혼을 하시고, 후계자를 두셔야지요! 삶을 누리는 것은 그다음! 그것이 가문을 잇는 자의 의무입니다!"

✳

킹스 오더가 되기로 마음먹은 지 사흘째.

여전히 카르나크는 영지에 발이 묶여 있었다.

"후계자라니⋯⋯."

서재 창밖을 내다보며 멍하니 중얼거린다.

"지금 당장 마누라감을 어디서 구하라고?"

소파에 늘어져 있던 바로스가 고개를 절레절레 저었다.

"구해도 문제죠. 당장 결혼해도 애 나오려면 열 달은 걸릴 텐데요."

현 사안이 그렇게까지 질질 끌 만큼 여유 있는 상황은 아니다.

"거참, 생각도 못 한 데서 발목 잡히네."

카르나크가 한숨을 쉬었다.

"적당히 영지민 중 건강한 아가씨 골라서 애 좀 낳아 달라고 할까? 어쨌거나 후계자만 있으면 되잖아."

"평민 출신 아내도 괜찮은 거예요?"

"나도 절반은 평민 혈통인데, 뭘. 하지만 돌아가신 어머니 생각하면 해선 안 될 짓 같기도 하고……."

"그렇다고 계속 이대로 허송세월 보내고 있을 수도 없잖아요."

"그렇지. 역시 아무나 적당한 처녀 하나 골라서……."

"물레방앗간의 메리란 처녀가 참하다던데요."

"예쁘냐?"

이 와중에도 예쁘냐는 소리부터 나오는 걸 보면 카르나크도 어쩔 수 없는 사내인 모양이었다.

바로스가 어깨를 으쓱였다.

"모르죠? 얼굴도 못 봤는데."

"하녀 중에 누구 없을까? 영주 부인이 될 수 있다고 하면 넘어올지도 모르겠는데."

"봐 둔 애 있어요?"

"아니. 전혀 관심이 없었는데? 얼굴도 기억 안 난다."

한편, 세라티는 서재 한쪽에 서서 한심해하는 얼굴로 두 사람의 대화를 지켜보고 있었다.

벌써 사흘째 저런 영양가 없는 헛소리만 주워섬기고 있는 것이다.

문득 그녀가 중얼거렸다.

"좀 신기하긴 하네요."

카르나크가 고개를 돌렸다.

"응? 뭐가?"

잠시 머뭇거리다 세라티는 작게 말을 이었다.

"……카르나크 님이 저는 언급하지 않으셔서요."

사실, 현 상황에서 가장 적절한 상대는 그녀다.

카르나크의 권속이 되었으니 어떤 명령이라도 충실히 복종해야 할 처지다. 몸을 바치라 하면 좋건 싫건 따를 수밖에 없다.

심지어 어디 내놔도 꿀리지 않는 미녀가 아닌가?

하지만 온갖 영지 처녀들을 주워섬기는 와중에도 정작 세라티는 한 번도 언급하지 않았다.

설마 그녀를 소중히 여겨서?

글쎄다. 저 인간이 그 정도로 양심적인 것 같진 않고.

그럼 그녀가 평민이라서?

그럴 리도 없다. 영지 처녀들도 평민이긴 마찬가지니까.

'아니면 내가 그렇게까지 매력이 없나?'

물론 카르나크와 결혼하고 싶다는 소리는 절대 아니지만,

이렇게까지 무시당하니 미묘한 기분인 것이다.

풍한 세라티를 보며 카르나크가 눈을 동그랗게 떴다.

"아, 너를?"

그러더니 대뜸 폭탄선언을 던졌다.

"세라티는 내 권속이잖아. 그 상태로는 애 못 낳는데?"

"······네?"

"영혼이 내게 묶여 있잖아. 그래서 아무리 남자랑 동침해도 절대 애 안 생겨. 남녀의 영혼 일부가 뒤섞여서 새로운 영혼이 안착할 토대를 만들어야 하는데, 그게 안 되니까."

"잠깐! 절 불임으로 만든 거였어요?"

기겁하며 세라티가 고함을 터트렸다.

"그런 말은 없었잖아요!"

카르나크도 바로스도 멍한 표정을 지었다.

이렇게나 과격한 반응이 돌아올 줄은 상상도 못 했다는 얼굴이었다.

"그게 그렇게 심각한 문제인가?"

"그러게요. 상시 피임 상태라서 오히려 좋은 건 줄 알았······."

"야, 이 미친놈들아!"

세라티는 잠시 휘청거렸다. 너무 충격적인 소리를 들어 다리가 풀리고 있었다.

'역시 이 인간들은 방심할 수가 없구나······.'

애써 정신을 수습하며 그녀가 또박또박 물었다.

"자, 이 빌어먹을 권속이란 게 되면 일상생활에 지장 생기는 게 또 뭐 있어요? 솔직히 말해 보세요."

서로를 바라보며 카르나크와 바로스가 열심히 주워섬겼다.

"어, 그게……."

"더 이상 없죠?"

"응응! 이게 다일걸."

물론 세라티는 믿지 않았다.

이젠 그녀도 아는 것이다.

'이놈들은 애초에 일상생활이란 게 뭔지도 몰라! 그러니 지장이 있는지 없는지 구별할 수 있을 리도 없지!'

문제가 닥치기 전엔 아예 인식조차 못 한다는 소리다.

어쨌거나, 이쯤 되니 더 이상 저 꼴을 봐주고 싶은 생각도 사라졌다. 세라티가 퉁명스레 입을 열었다.

"쓸데없는 고민 그만하시죠, 이제."

"쓸데없는 고민이라니? 후계자 문제로 안 보내 준다잖아."

"편지나 한 장 남기고 그냥 밤에 몰래 떠나요. 걱정 마라, 나 안 죽는다, 명성을 얻어 가문의 명예를 드높이고 오겠다. 대충 이런 식으로."

의외로 간단한 해결책에 카르나크가 눈을 반짝였다.

"그냥 그래도 돼? 나쁜 짓 아냐?"

당연히 나쁜 짓이다.

상식인이라면, 가문을 책임져야 하는 영주라면 결코 저질러선 안 된다.

"나도 저 생각 자체는 해 봤는데, 해도 되는 나쁜 짓인지가 애매하더라고. 이러다 나중에 욕먹는 거 아닌가?"

"저한테 이런 짓까지 해 놓고 그딴 걸 고민하시는 거예요?"

"너한테 욕먹는 건 상관없지. 어차피 내 권속인데."

"……."

이를 득득 갈며 세라티는 애써 웃었다.

"네, 문제없어요. 그냥 젊은 혈기로 명예 타령하는 멍청이가 될 뿐인데요. 카르나크 님이 살아서 돌아오시면 아무 일 없이 지나갈 거고, 죽은 후에는 어차피 욕을 먹건 말건 상관없잖아요."

"그렇구만!"

깨달음을 얻었다는 듯 카르나크가 눈을 빛냈다.

"짐 싸라, 바로스! 오늘 밤에 뜨자!"

다음 날 아침.

노집사 타펠은 한 장의 편지를 쥔 채 절규하고 있었다.

"영주니이이이임!"
편지 내용은 참으로 심플했다.

걱정 마라, 나 안 죽는다. 명성을 얻어 가문의 명예를 드높이
고 오겠다.

세라티의 의견을 과하게 수용한 결과라 하겠다.
'대체 이게 무슨 일인고? 최근에 변하신 줄 알았는데 도로
예전처럼 구시잖아!'
그사이 달라진 부분은 하나밖에 없었다.
'역시 그 여자 탓이다!'
붉은 머리칼의 미녀를 떠올리며 노집사는 이를 갈았다.
'그 여자가 우리 착한 영주님에게 나쁜 물을 들이고 있어!'

야반도주(?)한 카르나크 일행은 다시 데라트 시티로 향했
다.
일행과 재회한 알리우스는 크게 기뻐했다.
"참으로 하토바의 인도하심이 아닐 수 없군요!"
너무 기뻐서 카르나크가 도리어 당황할 정도였다.
"……혹시 저희를 추천하면 알리우스 씨에게도 무슨 이득
이 있습니까?"
"저도 실적을 신경 쓰지 않을 수 없는 처지니까요."

물론 지금까지도 실적은 충분히 쌓았다. 그렇기에 젊은 나이에 무려 1급 심문관이 되지 않았는가?

　하지만 인간의 욕심은 끝이 없는 법이다.

　"제 추천인이 3명이나 킹스 오더에 입단하게 되면 제 평가 역시 더욱 높아지겠지요. 운 좋으면 특급의 위계를 넘볼 수 있을지도 모르고요."

　세라티가 새삼스럽다는 듯 말했다.

　"의외네요."

　마냥 선인인 줄만 알았던 알리우스에게 저런 출세욕이 있을 줄은 몰랐던 것이다.

　하지만, 역시 그는 선량한 사람이었다.

　"특급 심문관이 되면 보다 큰 권한이 생기고, 그럼 보다 많은 신민들을 구할 수 있으니까요. 어찌 욕심을 부리지 않을 수 있겠습니까?"

　실제로 알리우스는 크게 실망하고 있었다.

　이제 갓 1급의 위계를 얻은 그는 아직 킹스 오더에 어둠사냥꾼을 추천한 적이 없었다. 이번이 처음이기에, 더더욱 신중을 기해 사람을 고르고 골랐다.

　그게 바로 트리스트 시티 작전에 참가한 카르나크 일행과 세라티, 릴테인인 것이다.

　그런데 세라티가 카르나크의 기사가 되는 바람에 셋을 잃었다.

게다가 남은 릴테인마저 입단을 포기해 버렸다. 슈트라프를 상대하며 자신감을 잃은 것이 이유였다.

하긴, 워낙 손도 발도 못 써 보고 처참하게 당했으니 그럴 만도 했다.

그래서 어둠사냥꾼마저 관두고 다시 마법 수행에 들어갔다던가?

"세 분이 돌아오셔서 얼마나 기쁜지 모릅니다. 이로써 사교도로부터 신민을 구할 가능성이 더욱 커졌군요."

바로스와 카르나크가 몰래 마법 전언을 나눴다.

[역시 알리우스 씨는 괜찮은 사람이구만요.]

[얘보다 쟤가 더 나은 것 같은데…….]

둘의 시선이 세라티에게로 향했다. 그녀가 멍한 표정을 지었다.

[왜 저를 보세요?]

카르나크의 권속이 되었으니 이제 은밀한 마법 전언 체계에 세라티도 집어넣은 것이다.

그렇게 셋이서 몰래 대화를 나누는 동안, 알리우스는 일필휘지로 추천서를 작성했다.

"물론 이건 어디까지나 추천장일 뿐이고 입단을 보장하는 것은 아닙니다만……."

서류를 건네며 그가 확신에 찬 표정을 지었다.

"여러분이라면 분명 가능하실 거라 믿습니다. 부디 하토바의 가호가 있기를!"

　　　　　　　　　　➤✖◄

변경 중의 변경인 북쪽 영지, 제스트라드 남작령.

여기서 북부 최대의 도시인 데라트 시티까지는 사흘이 걸린다.

또한 데라트 시티에서 유스틸 왕국 수도까지는 열흘이란 시간이 추가로 든다.

결코 가까운 거리가 아니며, 이 시대의 여행이란 어떤 일이 생길지 모르는 실로 위험한 행위이므로 아무리 카르나크 일행이라도 긴장을 늦출 수 없다!

……라고 생각했는데.

"아무 일 없이 잘 왔네요."

평야 너머에 펼쳐진 거대한 도시, 유스틸 왕국 수도 드룬타를 바라보며 바로스가 히죽 웃었다.

카르나크가 심드렁하게 대꾸했다.

"고작해야 유스틸 같은 소국에서 큰 사건이 일어날 리가 있겠냐?"

옆에서 듣고 있던 세라티가 어이없어하며 되물었다.

"……아무 일 없었다고요?"

오는 동안 도적단도 한 번 만났고, 사령술사는 두 놈이나 찾아서 붙잡아 근처 교회에 넘겼다.

　도시를 들를 때마다 소매치기며 강도 만난 건 너무 흔해서 세지도 않았다.

　그야말로 혼란의 시대, 세상이 미쳐 돌아간다며 내내 혀를 차고 있던 세라티였다.

　"이게 대체 어디가 아무 일도 없었다는 건가요?"

　"응? 그 정도야 그냥 여행하다 보면 일상 아닌가?"

　"대체 두 사람 다, 전생 땐 무슨 삶을 사신 거예요?"

　카르나크와 바로스가 기억을 더듬었다.

　"그러고 보니, 도적질은 대개 우리가 저질렀지?"

　"우리가 사령술사였고요."

　"강도질, 소매치기도 우리가 했지, 당한 적은 없구나."

　항상 여행하며 봐 온 광경이었기에 별생각 없었는데 원래는 저 광경을 펼친 놈이 카르나크 자신이었다.

　이 두 인간 말종들을 제외하면 세상은 충분히 평화로웠다는 소리다.

　"아, 지금 세상이 정말 혼란스러운 게 맞구만요."

　"그러니 어서 이 사태를 해결해야지."

　다시 걸음을 옮기며 카르나크가 거대한 도시, 왕도 드룬타의 전경을 눈대중했다.

　"이제 킹스 오더 본부를 찾아가면 되려나?"

사령술 카르나크

유스틸 왕국 수도 드룬타는 잘탄강을 낀 채 세워진 왕국 최대의 도시였다.

중앙엔 왕성이 우뚝 서 있고 거리 곳곳에 탑과 교회가 즐비하다. 일개 건물들도 대부분 2~3층이다.

그 웅장한 도시를 수많은 시민들이 오간다. 일국의 수도인 만큼 인구 역시 장난이 아닌 것이다.

무수한 인파 사이를 지나치며 세라티가 주위를 두리번거렸다.

데라트 시티도 북부에선 알아주는 도시지만 수도에 비교하면 촌 동네처럼 보일 정도였다.

"우와, 역시 왕이 사는 곳답게 어마어마하네요."

반면, 카르나크와 바로스는 시큰둥했다.

"여전히 조촐한 동네구만."

"여전히 소소한 도시이기도 하고요. 뭐, 아담해서 좋네."

"……지금 대체 어느 동네랑 비교하고 계신 건가요?"

"테아 크라한."

"론토라스."

테아 크라한은 라케아니아의 제도고, 론토라스는 7왕국 연합의 최강국 펠마이어 왕국의 수도다.

둘 다 유스틸 왕국보다 월등히 국력이 강하니 당연히 수도의 규모도 훨씬 크겠지.

"뭐, 그 두 도시도 네크로폴리스에 비하면 작았지만."

어째 으스대는 듯한 카르나크의 태도에 세라티가 피식 웃었다.

"네크로폴리스라. 이름만 들어도 뭐 하는 곳인지 알겠네요."

저런 음침한 명칭을 도시에 붙이는 경우는 보통 없다. 보나 마나 전생 때 카르나크가 세웠다는 언데드 제국의 수도이리라.

카르나크가 머리를 긁적였다.

"역시 이름이 너무 노골적인가? 그런데 막상 명명하려니 딱히 떠오르는 게 없었어."

"덕분에 전생 땐 온 도시가 네크로 천지였어요. 네크로피아, 네크로폴리스, 네크로 월, 네크로 크로스. 도로 표지판에 네크로 안 붙은 게 없었죠, 아마?"

"야, 그땐 바로스 너도 어울리는 이름이라고 동의했잖아!"

"명명하고서야 알았잖아요. 온통 네크로로 시작하니 길 찾기 더럽게 힘들다는 거."

언데드라고 전부 좀비나 스켈레톤처럼 의식 없는 인형인 건 아니다. 데스 나이트나 뱀파이어, 리치같이 자아가 있는 언데드도 많다.

"덕분에 명칭 좀 고치자고 상소도 많이 왔었죠."

사형왕
카르나크

바로스의 말에 세라티가 놀라 물었다.

"언데드가 되어도 불만이 생기나요? 그냥 철저하게 복종하는 줄만 알았는데."

카르나크가 대신 대꾸했다.

"본판은 인간이잖아. 살았건 죽었건 인간은 인간이라고. 자아가 있으면 당연한 이야기지."

"전 언데드가 되면 무조건 술자에게 충성할 거라 생각했어요."

"충성은 해. 충성과 불만이 별개의 영역이라 그렇지. 가만히 생각해 보니 충성스러운 놈일수록 불만도 더 많았던 것 같기도 하고."

"왜 말씀하시면서 저를 봅니까, 도련님?"

그렇게 수다를 떨며 계속 걸음을 옮기니 슬슬 목적지가 보였다.

킹스 오더 본부는 수도 드룬타의 북쪽 거리에 위치해 있었다. 안에 들어서며 습관적으로 바로스가 건물을 살폈다.

"평범한 관청 건물이군요."

하긴, 수도 한복판인데 굳이 요새처럼 꾸밀 필요는 없었을 것이다.

물론 경계는 결코 허술하지 않았다.

입구의 경비병은 뛰어난 전사였고, 카르나크 일행 역시 추천서의 진위가 확인된 후에야 실내로 들어올 수 있었다. 혹여 위조되었을 가능성에 대비해 마법으로 2~3중의 검토를 마친 것이다.

"하토바 교단의 추천서임을 확인했습니다. 곧 상부에 전달하도록 하겠습니다."

추천서를 들고 멀어지는 안내인을 보며 카르나크가 기쁜 듯 웃었다.

"추천서 진위 여부에 민감하군. 위조를 시도하는 놈들이 많은 모양이야."

세라티가 의아해했다.

"위조범이 많다는 게 왜 기뻐하실 일이죠?"

"일을 제대로 하고 있다는 의미니까."

킹스 오더가 겉만 번지르르한 곳이라면 굳이 사교단도 신경을 쓸 필요가 없다.

"특무기관이니 뭐니 감투 달아 놓고 속으로 썩어 든 경우를 하도 많이 봐서, 킹스 오더도 그런 건 아닐까 걱정했거든."

바로스가 손을 저었다.

"에이, 킹스 오더 창설된 게 1년 정도밖에 안 됐는데 벌써 부패했겠어요."

사람이든 사물이든 썩는 데 일정 시간은 걸리는 법이다.

"그러니까 다행이라고. 여기 있으면 제대로 사교단과 접촉할 수 있겠어."

그러는 동안, 추천서를 들고 갔던 안내인이 다시 일행에게 돌아왔다.

"잠시만 기다려 주십시오. 곧 오더 로드께서 세 분을 맞이하실 겁니다."

카르나크 일행은 잠시 본부 1층에서 기다렸다.

그동안에도 수시로 다양한 복장의 사람들이 오가고 있었다. 사복이나 제복 차림, 간혹 마법사나 신관의 복장을 한 이들도 있었는데 하나같이 공통점이 있었다.

바로스가 혀를 내둘렀다.

"다들 만만치 않네요."

바로스쯤 되면 그냥 상대를 보기만 해도 어느 정도인지 대충 안다. 하나같이 어딜 내놔도 꿀리지 않을 강자들이었다.

"란돌프 여기 왔으면 처맞았겠는데요."

데벤토르 최강의 기사조차도 여기선 감히 명함을 내밀지 못하는 수준이었다.

마법사 역시 마찬가지였다. 카르나크가 긴장하며 말했다.

"대부분 5서클 이상의 종사자로군. 6서클도 간혹 보이고."

위대한 사령술의 지혜를 지닌 그라지만 혼돈마력만으로는 아직 4서클에 불과하다. 물론 계속 마력을 키우고 있으니 조만간 5서클에 진입할 수는 있겠지만……

"예상외로 수준이 높은데? 이러다 우리 떨어지는 거 아닌가 몰라?"

세라티도 놀란 눈치였다.

"오러 유저도 2명이나 봤어요. 저랑 비슷한 적색급의 경지였던 것 같은데."

그녀는 여태 자신 외에 다른 오러 유저를 본 적이 없었다.

데라트 시티는 물론 그 일대를 통틀어도 세라티가 유일한 투기 각성자였다.

"그 희귀하다는 오러 유저가 흔하게 보이다니, 역시 수도는 다르네요."

그녀의 감탄에 카르나크가 핀잔을 흘렸다.

"에이, 오러 유저가 드문 건 사실이지만 희귀하다고 할 정도 아니지. 특히 적색급 수준이면."

"또 카르나크 님만의 제멋대로 기준인 거예요?"

"그보다는 관점의 문제지."

오러 유저는 분명 드문 존재다. 인구 80만이 넘는 유스틸 왕국에서도 채 100명이 안 될 정도로.

그런데 사실, 인구 80만 정도는 대륙에서 그리 큰 나라가 아닌 것이다.

유스틸 왕국처럼 작은 나라에서도 100명 가까이 있는 존재가 과연 희귀한 거냐고 묻는다면 또 애매하다.

"노는 물에 따라 관점도 달라진다는 건가요?"

"여기가 일국의 수도라는 점도 있고."

무릇 인간이라면 능력이 커질수록 돈과 명예를 찾아, 보다 큰물에서 활약하고 싶어 하는 법이다.

"세라티 너도 원래는 수도로 향할 예정이었다며."

안 그래도 숫자 적은 오러 유저나 고위 마법사인데 죄다 돈 되는 수도로 몰리게 되는 것이다.

"그러니 더더욱 지방에선 오러 유저 보기가 힘들지. 고위 성직자야 7여신교가 직접 관리하니 지방에도 골고루 분포해 있지만."

수도에선 오러 유저라고 대접받길 기대할 수 없다는 소리였다. 물론 인정은 해 주겠지만 지방에서처럼 마구 떠받들어 주진 않을 것이다.

뭐, 세라티 입장에선 별문제가 되진 않았다.

"어차피 카르나크 님이랑 엮인 이후엔 대접받아 본 적이 없거든요, 흥!"

뾰로통한 그녀를 보며 카르나크와 바로스가 고개를 갸웃거렸다.

"우리가 뭐 괄시한 거 있냐?"

"그러게요. 세라티 경의 실력은 충분히 인정하고 있는데."

"본인들은 모른다는 게 제일 문제라고요."

어쨌거나 주위를 둘러볼수록 전생 때는 겪어 보지 못한 신선한 감각이 느껴진다.

주눅이었다.

"와, 이러다 우리 진짜 떨어지는 건 아니겠지?"

"실적 좀 더 쌓은 다음 올 걸 그랬나요, 이거?"

"남의 평가에 전전긍긍해 보는 건 처음이야. 신기한 기분이네."

"저도요."

다 큰 사내 둘이서 손가락 꼬고 있는 모습을 보며 세라티가 혀를 찼다.

"얼마나 막 사셨으면 남의 평가를 신경 쓰는 게 처음일 수가 있어요?"

그렇게 열심히 시간을 허비하고 있을 때였다.

"오래 기다리셨습니다."

마침내 안내인이 카르나크 일행을 불렀다.

"로드 에란텔께서 여러분을 찾으십니다."

일행이 안내받은 곳은 킹스 오더 본부 3층의 한 집무실이었다. 중후한 인상의 40대 사내가 그들을 맞이했다.

"어서 오게. 킹스 오더의 단장을 맡고 있는 에란텔이라 하네."

에란텔 폰 나이아드.

그는 왕실 기사단장인 알론드 경과 함께 유스틸 왕국에서도 둘밖에 없는 자색급 오러 유저, 퍼플 나이트의 경지에 오른 유명한 기사였다.

원래는 유스틸 왕실 기사단의 부단장으로, 공명정대한 인품을 지니고 있어 세인의 평도 좋고 국왕 위스콧 1세의 신임도 두텁다.

그런 그를 킹스 오더의 단장으로 앉혔다는 건 그만큼 왕실에서도 이 사안을 중히 여긴다는 의미다.

일행도 자기소개를 했다.

"제스트라드의 카르나크입니다."

"카르나크 남작님을 섬기는 세라티입니다."

"카르나크 남작님을 섬기는 바로스입니다."

손에 든 추천서를 가리키며 에란텔이 고개를 끄덕였다.

"3명 다 자격은 충분하더군. 신분도 확실하고. 무엇보다 알리우스 심문관의 추천이니 신뢰할 만하지."

카르나크와 바로스가 몰래 눈빛을 교환했다.

'알리우스가 꽤나 유명한가 보지?'

'그러게요. 수도에서도 이름을 알 정도네요?'

이들이 실감을 못 했을 뿐이지 사실 알리우스는 상당히 유명인이었다.

고작 20대의 나이에 1급의 위계에 오를 정도로 강력한 신성력, 거기에 심문관으로서의 활약도 대단하다.

데라트 시티에서 하토바 교단이 처리한 사령술사의 숫자는 무려 50이 넘는다. 유스틸 왕국의 모든 교단을 통틀어도 손에 꼽히는 실적인 것이다.

"알리우스 심문관이 신중을 기해 고른 이들이라면 영광스러운 킹스 오더의 일원이 되기에 부족함이 없겠지만……."

문득 에란텔이 엄격한 표정을 지었다.

"그것만으로 킹스 오더가 될 수 없다는 건 알고 있겠지?"

그럴 줄 알았다는 듯 카르나크가 대꾸했다.

"대략적인 이야기는 들었습니다."

입단했다 해서 바로 정식 킹스 오더가 될 수 있는 건 아니다. 당분간은 신입 단원 자격으로 실습 기간을 거쳐야 한다.

고참 오더 밑에서 사교단을 상대하며 현장을 익히게 하며, 정말 신뢰할 수 있는 이들인지에 대한 마지막 검토를 하는 것이다.

"그때까지는 아직 킹스 오더라 할 수 없지. 명령을 받아 킹스 오더의 일을 하는 것일 뿐."

쉽게 말해, 즉결 처형권이나 포괄적 심문권같이 악용될 권한은 주지 않고 일 처리 능력만을 일단 판단하겠다는 소리였다.

"자네들뿐 아니라 신입이라면 모두 거치는 과정일세."

카르나크도 불만은 없었다.

오히려 쉽게 받아들여졌으면 불안했을 것이다. 사교도들도 간단히 침투할 수 있다는 소리니까.

"그나저나 꽤 신기한 조합이더군? 한 영지의 주인과 그 기사들이 한꺼번에 입단이라…….”

“혹시 문제가 됩니까?”

카르나크의 질문에 에란텔이 손을 저었다.

“응? 아, 그렇진 않아. 사례가 없는 것도 아니고.”

실제로 이전에도 영주가 직접 휘하 기사를 거느리고 가입한 경우가 있었다. 3대대의 대장인 롤랑 자작이 그 케이스였다.

대귀족이야 가문의 주인이 이런 목숨이 걸린 위험한 일에 뛰어드는 건 책임감 없는 행동이겠지만, 시골 귀족들에겐 오히려 가문의 위세를 높일 좋은 기회다.

특히나 영주가 공명심에 불타는 젊은 나이라면 더더욱 그렇다.

가문 입장에선 영주쯤 되는 인물을 그냥 사지로 보낼 순 없으니 당연히 강력한 기사를 옆에 붙이게 된다.

물론 그렇다고 자격도 없는 이를 휘하 기사만 보고 킹스오더로 임명할 순 없으니 대부분 탈락이지만, 저 조합 자체는 딱히 신기한 일도 아닌 것이다.

에란텔이 진짜 신경을 쓴 건 다른 쪽이었다.

‘……제스트라드 남작가가 오러 유저를 품을 정도의 가문이었나?’

본인 앞이라 돌려 말하긴 했지만, 평범한 변경 지방 귀족의 기사라기엔 세라티의 실력이 과했다.

저 나이에 투기를 각성할 정도의 재능이라면 어지간한 대공가에서도 눈독을 들일 인재이니까.

'고블린 손의 명검인 건지, 아니면 다른 뭔가가 있는 건지 모르겠군.'

알리우스의 추천서에 따르면 카르나크 남작은 기량에 비해 뛰어난 마법적 재능을 지니고 있어 앞으로의 발전 가능성도 무궁무진하다고 했다. 세라티가 오러 유저 특유의 감각으로 이를 미리 파악한 걸까?

에란텔은 이내 호기심을 접었다.

'흠, 두고 보면 알겠지.'

어차피 실습 기간은 거쳐야 한다.

정말 카르나크가 드러나지 않은 보석이라면 그동안 자신의 능력을 증명할 것이다.

증명하지 못한다면 더 이상 신경 쓸 필요가 없다. 죽거나 귀향하거나, 둘 중 하나일 테니까.

뒷짐을 진 채 에란텔이 느긋하게 입을 열었다.

"좋아, 그럼 그대들에게 첫 번째 임무를 내리겠네."

바로스와 세라티가 당황해 되물었다.

"네? 지금 당장요?"

"저희 오늘 여기 왔는데요?"

그런 반응이 나올 줄 알았다는 듯 중년 사내가 빙그레 웃었다.

"우리의 일이란 게 그렇다네. 항상 일이 터지고, 항상 바쁘지. 자네들도 익숙해져야 할 게야."

각오해라, 이제부터 고생문 열렸다, 라는 의미가 담뿍 담긴 미소였다.

"킹스 오더에 온 걸 환영하네."

킹스 오더는 단장인 에란텔 경을 중심으로 일곱 대대로 이루어지며, 각 대대의 인원은 8~10명 정도의 소수 정예로 구성된다.

카르나크 일행은 그중 4대대에 배치되었다. 그리고 첫 임무를 함께할 선임 킹스 오더들을 만났다.

유서 깊은 명문 귀족인 알반 백작가의 차남으로 5서클의 종사자인 마법사 타르만.

어둠사냥꾼으로 활동하다가 킹스 오더에 투신하게 된 검사 칼드.

바다의 여신 아티마의 2급 심문관 앨리스가 그들이었다.

다음 날, 이들은 꼭두새벽부터 수도 드룬타를 떠나 왕국 남부로 향하고 있었다.

관도를 따라 움직이며 세라티가 투덜거렸다.

"왕도 구경도 못 하고 바로 출발할 줄은 몰랐어요."

전생 때 드룬타 자체는 지겹게 봐 왔던 카르나크와 바로스도 아쉬워하긴 마찬가지였다.

　"쳇, 맛집 리스트 다 뽑아 놨었는데."

　"그러게요. 서쪽부터 차례로 순회할 생각이었는데."

　투덜대던 바로스가 앞장선 이들에게 물었다.

　"혹시 킹스 오더는 항상 이렇게 바쁩니까? 쉬는 기간도 없을 정도로?"

　"설마 그렇겠나?"

　오동통한 체구를 지닌 30대 사내, 킹스 오더의 4대대장 타르만이 성격 좋아 보이는 웃음을 흘렸다.

　"자네들은 타이밍이 좀 안 좋았어. 하필 우리 임무가 떨어진 그날 도착했거든."

　"그냥 운이 없었을 뿐인 거였군요."

　"운이 좋은 거라 할 수도 있지. 수습 기간 길어서 좋을 것도 없잖나?"

　검사 칼드가 옆에서 말을 덧붙였다.

　"타이밍이 좋아 봐야 며칠 정도 대기하는 게 다였을 겁니다. 일이 많은 것은 사실이잖아요."

　그는 날카로운 칼날 같은 인상을 지닌 청년이었다.

　특이하게 단도와 장검의 쌍수 검투술을 쓴다는데, 델림 지방 일대에선 적수가 없는 강자였다고 한다.

　"그래 봤자 킹스 오더에선 평범한 축이지만 말이죠. 아직 투기도 각성 못 했고."

중얼거리며 칼드는 세라티를 힐끔거렸다.

역시 검에 뜻을 둔 이답게 새로 입단한 오러 유저가 신경 쓰이는 모양이었다.

반면 성직자인 앨리스는 세라티의 다른 부분에 더 관심이 많아 보였다.

"세라티 씨는 피부가 굉장히 고우시네요? 오러 유저답지 않게."

"……피부랑 오러가 상관이 있나요?"

"우리 대대에도 오러 유저가 둘 있는데, 둘 다 전신이 상처투성이거든요. 그래서 오러 유저라면 다들 그런 줄 알았어요."

옆에서 듣고 있던 바로스가 문득 의아해했다.

'4대대에 오러 유저가 둘 있다고?'

참고로 4대대의 대장은 눈앞의 마법사 타르만이다. 그렇다는 건…….

"오러 유저가 고작 일개 대원이라는 겁니까?"

그래도 오러 유저쯤 되면 당연히 대장을 맡을 줄 알았다.

타르만이 피식거렸다.

"왜? 난 아직 5서클에 불과한데 오러 유저가 내 밑에 있는 게 이상한가?"

"아, 아니요. 타르만 공이 약하다는 소린 아닙니다."

"틀린 말은 아니지. 내가 아직 오러 유저에 비견될 정도는 아니니까."

보통 적색급, 레드 나이트는 6서클의 마법사와 동격으로 대우받는다.

물론 전투력의 비교는 좀 애매하다.

소규모 전투라면 적색급 오러 유저가 6서클 마법사를 압도할 것이고, 대규모의 전장이라면 6서클 마법사가 훨씬 승리에 도움이 될 테니까.

어쨌건 5서클이라면 분명 오러 유저보다는 격이 낮은 것이 사실.

그럼에도 타르만이 대장인 이유는 따로 있었다.

"일단 내가 백작가의 혈통이란 점이 크지."

아무리 실력 위주의 소수 정예라도 신분을 아주 무시할 수는 없다.

"무엇보다 우리 임무에선, 신분도 실력의 일부거든."

사령술사야 색출한 시점에서 그냥 죽이면 끝이다.

하지만 사교도는 귀족이나 왕족일 경우 속세의 신분을 이용해 권력을 휘두르는 경우도 많다.

애초에 저 속세의 권력자들 때문에 일부러 킹스 오더를 창설한 것 아닌가?

"나처럼 빽 든든하고 혈통 좋은 놈이어야 빽 좋고 혈통 좋은 사교도 놈들을 찍어 누르기 쉽지 않겠나? 세상엔 실력보다 가문의 위세를 더 높이 치는 놈들이 많으니까."

그리고 두 번째 이유, 사실은 이게 더 중요하다.

"사교도 상대로는 전투력보다 오히려 다른 부분이 더 필요하다네."

오러 유저라면 당연히 전투에서는 엄청난 힘을 발휘할 것이다.

그런데 사교도들이 어디 정면으로 정정당당하게 덤벼 주는가?

"킹스 오더의 주 임무는 전투보다 정보 수집, 사교도 색출, 요인 납치, 심문 쪽이 더 많지. 실전 능력만 높다고 일이 잘 풀리지는 않아."

세라티가 혀를 찼다.

"어째 몹쓸 짓 하는 임무뿐인 것 같은데요?"

타르만이 낄낄 웃었다.

"정확히 파악했군! 사교도에게 몹쓸 짓 하는 게 바로 우리 일이라네."

그런 만큼 사교도 상대로는 단순히 싸움만 잘하는 오러 유저보다는 다양한 수법을 지닌 마법사가 좀 더 유리하다.

그래서 킹스 오더의 대장들은 대부분 마법사였다.

킹스 오더 전체를 총괄하는 단장은 간판 역할도 겸하니 명성 높은 기사인 에란텔 경이 적격이지만, 실제 임무에서는 마법사가 오러 유저를 부관으로 두고 움직이는 게 가장 효율적인 것이다.

"전쟁터와는 정반대네요."

"전장에서야 대장이 앞장서서 빛나는 검을 열심히 흔들어 줘야 병사들 사기가 오르니까 오러 유저가 최고지. 하지만 우리 임무는 누구에게 봐 달라고 하는 게 아니지 않나?"

고개를 끄덕이던 세라티가 다른 의문을 품었다.

"그런 이유라면 성직자에게도 자격이 있지 않나요?"

다양한 수법이란 면에선 성직자도 마법사 못지않다. 무엇보다 사령술 상대로는 마법사보다 훨씬 효율적이다.

'당장 알리우스 씨도 심문 같은 건 잘하던데.'

그 대답은 앨리스가 대신해 주었다.

"킹스 오더는 7여신교를 견제하기 위해 만든 곳인데 저희 같은 신관들에게 대장 자리를 줄 리가 없잖아요."

애초에 대장이 될 만큼의 고위 성직자가 있지도 않았다.

킹스 오더에 배치되는 일곱 여신의 성직자들은 전원 2급 심문관들이다.

특급이나 1급은 7여신교가 자기들 일 처리하기도 벅차니 못 내주고, 3급은 아무리 그래도 너무 수준이 낮아 킹스 오더의 임무에 못 따라가고.

"저야 별 불만은 없지만요. 여기서 실적 많이 쌓으면 1급 심문관에 오를 가능성도 높아지거든요."

오가는 대화를 말없이 듣고 있던 카르나크가 문득 입을 열었다.

"그나저나 슬슬 자세한 사항을 알려 줄 때가 아닙니까?"

"응? 자세한 사항이라니?"

"우리 임무에 대해서 말이죠."

임무에 대한 대략적인 브리핑은 받았다.

유스틸 왕국 남부의 지방 귀족 중 하나인 브렐란트 백작에게
검은 신의 교단에 투신했다는 혐의가 있다.

신분을 숨기고 모험가로 위장한 뒤 브렐란트 백작령으로 향
해, 확실한 증거를 파악한 뒤 국왕의 이름으로 백작을 벌하라!

하지만 보다 자세한 사항은 하나도 듣지 못한 것이다.

"백작에게 어떤 혐의가 있는 건지, 그 정보가 정말 확실한
건지, 어떤 증거를 파악해야 하는지에 대한 정보를 듣고 싶
습니다만."

카르나크의 요구는 분명 타당하다.

그럼에도 타르만은 쓴웃음을 지을 수밖에 없었다.

"그게 전부일세."

"네?"

"그게 다라고. 우리가 아는 모든 걸 자네도 알고 있구만."

"아니, 그럼 상대가 진짜 사교도인지 아닌지도 모른 채 움
직이는 겁니까?"

"그걸 알아보려고 지금 우리가 움직이고 있지 않나?"

쉽게 말해서, 맨땅에 헤딩하는 것부터가 임무란 소리다.

"왜 그리 바쁘다는 건지 알겠군요."

고개를 젓는 카르나크를 보며 타르만은 히죽 웃었다.

본부에서 본, 단장 에란텔의 입가에 걸린 것과 똑같은 미소였다.

"킹스 오더에 온 걸 환영하네."

검은 신의 영지

죽음은 피할 수 없는 운명이다. 그렇기에 인간은 7여신의 가르침에 따라 올바른 삶을 살며 죽음 앞에 겸허해야 한다.

이는 진리였다.

아무리 강한 자도, 권세를 누린 왕이라도 죽음 앞에선 모두가 평등하다.

그렇기에 브렐란트 백작은 받아들일 수 있었다.

늦은 나이에 겨우 본 소중한 아들이 타고난 체질 탓에 서서히 죽어 가도, 7여신교의 신성 주문으로도 고칠 방법이 없어 스물을 넘길 수 없을 것이라는 가혹한 이야기를 듣고도 각오를 다질 수 있었다.

그것이 운명이었으니까.

인간이라면 감내해야 하는 자연스러운 세상의 이치였으니까.

아니었다.

운명은 피할 수 있었다. 세계의 이치는 정해져 있지 않았다.

그들은 소리 없이 다가와 은밀하게 속삭였다.

진정한 신에게 귀의하라고. 그리하면 아들이 살 수 있을 거라고.

거짓말을 하는 건 아니었다. 분명 그들 말대로라면 아들은 죽지 않을 수 있었다.

하지만, 살 수 있는 것도 아니었다.

그들이 제의한 것은 어둠의 술법, 사령술.

당연하게도 브렐란트 백작은 크게 분노했다.

"자연스러운 세상의 이치를 저버리고 사악한 힘에 손을 대라는 것이냐?"

하나 그들은 오히려 반문했다.

"누가 그것을 자연스럽다 말했습니까?"

"7여신께서 정하신 세상의 이치가 아니냐?"

"정녕 여신께서 당신에게 그 가르침을 내리셨습니까? 여신의 뜻을 안다 칭하는 7여신교의 신관들이 한 말이 아니고요?"

"하! 그럼 네놈들은 진정한 신의 뜻을 안다는 말이냐?"

그들은 7여신교의 가르침을 차근차근 부정해 갔다.

"신의 모든 것을 안다고 자처하는 이가 있다면 실로 오만한 자이겠지요."

"우리가 말씀드리는 것은 신과 여신이 아닙니다."

"신과 여신을 따르는 인간에 대한 것이지요."

"저희가 드리고 싶은 말씀은, 그저 세상을 조금만 넓게 보시라는 겁니다."

"세상이 사령술이라 부르는 것에 대해 백작님께선 과연 얼마나 잘 알고 계십니까?"

브렐란트 백작은 현혹되지 않았다.

"헛소리! 사령술에 빠진 자의 말로가 어떤지 내가 모를 것 같으냐?"

죽은 자를 살리려 사령술을 쓴 이들에 대한 이야기는 널리 퍼져 있다.

소중한 사람을 살렸더니 괴물이 되었다.

다 썩어 가는 움직이는 시체일 뿐이었다.

육신은 물론이고 정신조차 더 이상 자신이 아는 소중한 이가 아니었다, 등등.

하나같이 아름답게 끝나는 법이 없다. 그렇기에 사령술이 그토록 추악한 수법으로 불리는 것 아닌가?

그들도 이 사실을 부인하지는 않았다.

"옳으신 말씀입니다."

"사령술의 말로는 그리 좋지 못했지요."

"지금까지는."

그리고 그 이유까지 입에 담았다.

"이는 진정한 사령술이 아니었기 때문입니다."

진짜 사령술은 결코 죽음과 어둠의 능력을 다루는 마법 같은 것이 아니다.

어둠과 죽음의 신 테스라낙, 저 위대한 초월자가 내려 주는 성스러운 권능이다.

"이를 그저 오만한 마법사들처럼, 죽음과 어둠의 권능을 도구로 생각해 휘두르려 했으니 생긴 일일 뿐."

"실제로 마법사들이 신성 주문을 억지로 마법으로 구현하려다 사고를 치는 경우도 많지 않았습니까?"

그들, 테스라낙의 신관이라 자처하는 사령술사들은 자신들의 힘을 어둠의 신성 주문이라 주장하고 있었다.

그렇기에 자신들만이 진정한 어둠과 죽음의 권능을 다룰 수 있다고.

"진정한 어둠의 힘은 테스라낙을 섬기며 올바르게 사용해야 합니다."

"7여신교의 신관들이 여신을 섬기며 그 힘을 올바르게 사용하는 것처럼 말이지요."

"그리하면 죽음은 운명이 아니게 될 것입니다."

"노화는 질병일 뿐이며, 죽음은 질병을 치유하지 못한 자가 맞이하는 결과일 뿐."

사령왕
카브낙

"질병을 치유하는 것이 어찌 사악한 행위라 하겠습니까?"

"하물며 아드님은 아직 어리시죠."

"어린아이가 죽음을 운명으로 받아들이는 것이, 정녕 자연스러운 세상의 이치라고 보십니까?"

브렐란트 백작은 흔들렸다.

그들의 말에는 설득력이 있었다. 그리고 아들은 점점 죽어 가고 있었다.

'어차피 7여신교는 아무 도움도 되지 못한다…….'

결국 백작은 뜻을 꺾었다.

"테스라낙께…… 귀의하고 싶다. 나를 받아 주시겠는가?"

물론 진심은 아니었다.

일단 아들부터 구한 뒤, 7여신교를 찾아 자수할 생각이었다.

그렇게 죽어 가던 아들은 새로운 삶을 받았다.

⸙

수도를 출발하고 이레 뒤, 타르만과 카르나크 일행은 브렐란트 백작령에 도착했다.

브렐란트 백작령은 상당히 융성한 곳이었다.

마을도 상당히 크고 오가는 영지민의 안색도 좋다. 시장을 살펴봐도 물건의 종류가 많고 활기가 가득하다.

거리를 살피며 세라티가 중얼거렸다.

"우리 영지도 꽤 잘사는 편이라고 생각했는데, 비교가 안 되네요."

무심코 그녀는 제스트라드 영지를 우리 영지라 표현하고 있었다. 그사이 꽤나 정이 든 모양이었다.

바로스가 어깨를 으쓱였다.

"구리 광산 얻은 지 얼마 안 됐으니까요. 딱히 물류 이동의 중심지도 아니었고."

어쨌거나 브렐란트 백작이 유능한 영주인 것은 틀림없어 보였다.

그래서 더더욱 의문이다.

"대체 뭐가 아쉬워서 사교도가 된 걸까요?"

세라티의 질문에 타르만이 작게 첨언했다.

"누누이 말하지만 아직 확인된 건 아니라네."

브렐란트 백작에게 걸린 혐의라는 게 사실 근거는 빈약하다.

그냥 킹스 오더 2대대가 붙잡은 사교도를 심문하던 중, 브렐란트 백작에 대한 언급이 있었다는 게 전부인 것이다.

"허탕일 가능성이 절반 이상이지."

납득이 안 간다는 듯 카르나크가 물었다.

"그런 식이라면 정보 수집 담당을 따로 두는 게 낫지 않습니까?"

솔직히 좀 이해가 가지 않았다.

'인재들을 일부러 모은 뒤 이런 자질구레한 일까지 직접 시킬 필요는 없지 않나? 그냥 정보 수집은 따로 시키고 킹스 오더는 목표만 처리하는 게 효율적인 것 같은데.'

이어진 타르만의 반문에 카르나크는 비로소 자신이 뭘 착각하고 있는지 알았다.

"자네가 뭔 소릴 하는지 모르겠군. 그래서 킹스 오더를 따로 창설한 것 아닌가?"

"네?"

"정보 수집 같은 고난이도의 임무를 그럼 아무나 할 수 있겠나?"

감각의 차이였다.

정예 병력은 귀하니까 대기시켜 두고, 좀 떨어지는 애들을 정보부로 써먹는다. 이것이 사령왕이던 시절의 감각이다.

그런데 그 정보부의 조건은?

엄청나게 강할 필요는 없지만, 정보 수집 과정에서 무슨 일이 생길지 모르니 일정 수준 이상의 전투 능력은 필수다. 그래서 삼류 중에선 그래도 쓸 만한 수준의 언데드 전력을 정보부로 삼아 운용하곤 했다.

저 '쓸 만한 수준의 언데드 전력'과 비견되는 인간 측 전력이 바로 '적색급 오러 유저, 혹은 6서클 전후의 마법사나 2급 이상의 신관'인 것이다.

'정예 병력이란 게 바로스가 지휘하던 데스 나이트 군단 같은 게 아니지, 참.'

카르나크 기준의 소수 정예라면 일반인 기준에선 그냥 비대칭 전력, 1인 군단급이다.

하여튼 왕년에 잘나갔다가 몰락한 놈들의 문제가 이거다.

주제 파악 못 하고 왕년 생각만 하면서 상황을 재단한다는 것.

'아, 계속 신경은 쓰는데도 참 감각을 고치는 게 쉬운 일이 아니네.'

내심 카르나크가 툴툴댈 동안, 타르만이 조심스레 말을 이었다.

"고문을 통해 얻은 정보이니만큼 전혀 검증되지 않았지. 그러니 선입견을 가지고 백작을 대해선 안 될 게야."

옆에서 칼드와 앨리스도 설명을 덧붙였다.

"원래 인간이란 고문을 당하다 보면 정말 있는 얘기 없는 얘기 마구 늘어놓기 마련이라, 심문하는 입장에서도 진위를 파악하는 건 쉬운 일이 아니거든요."

"무엇보다, 본인이 착각하는 경우라면 아무리 진위를 파악해 봐야 의미가 없기도 하고요."

이해가 간다며 세라티가 대화에 끼어들었다.

"어쩌면 거짓말을 진실로 믿고 있는 경우도 있겠군요? 점 조직 특성상, 일부러 가짜 정보를 흘려 킹스 오더를 속이려

할 수도…….”

그리고 바로 타박을 받았다.

“에이, 그럴 리는 없지요.”

“저잣거리 이야기책을 너무 많이 보신 거 아니에요?”

점조직이랍시고 휘하 조직원에게 일부러 가짜 정보를 흘린다?

이러면 어떻게 될까?

“아무 상관 없는 귀족을 찾아가 ‘테스라낙 만세!’라고 속삭인 뒤 일망타진당하게요?”

정보를 알려 주지 않을 순 있어도, 가짜 정보를 넘길 순 없다. 그랬다간 제 손으로 제 목을 조르는 셈이 된다.

“그, 그러네요.”

부끄러워하는 세라티를 타르만이 달랬다.

“아직 정규 일원이 아니니 착각하는 것도 어쩔 수 없지. 그래서 견습 기간이 있는 것 아닌가?”

그렇게 계속 걷다 보니 저편에 미리 봐 둔 여관이 나왔다.

타르만이 일행을 돌아보았다.

“일단 짐을 풀고, 흩어져 조사를 시작하세나.”

＊

여관에 도착한 카르나크 일행은 타르만으로부터 킹스 오

더의 방식을 배웠다.

"너무나 당연한 이야기지만 절대 킹스 오더임을 드러내서
는 안 되네."

어둠사냥꾼으로 위장해 사령술사를 사냥하러 왔다는 식이
어도 경계를 사긴 마찬가지다. 어차피 검은 신의 교단 주 전
력이 사령술사니까.

그렇다고 아무 이유도 없이 여기저기 질문을 던지며 다닐
수도 없다. 역시나 의심 사기 딱 좋다.

"사교도나 사령술사와는 상관없어 보이면서도 자연스레
탐문이 가능한 방식을 써야 하지."

그래서 타르만은 품에서 초상화를 몇 장 꺼내 나눠 주었
다.

"여러 방식이 있지만 지금 쓸 수법은 이거라네."

바로스가 물었다.

"누굽니까, 이건?"

"헬론 크라트, 수도에서 지명수배된 악명 높은 범죄자일
세. 귀족들의 저택을 다수 털고 살인까지 저질렀지. 워낙 변
장술의 명수라 여태 붙잡히지 않았다네."

"호오, 드룬타에서 그런 일이 있었습니까?"

"아니. 없었지."

"……네?"

"하지만 이런 수배자를 찾는다고 하면, 그래서 이런저런

질문을 던진다면 자연스러워 보이겠지?"

수배자를 쫓는 바운티 헌터로 위장하는 것이다.

그리고 마을 곳곳을 돌아다니며 주민들에게 묻는다.

이 위험한 인간이 브렐란트 백작령으로 도망쳐 어딘가에 숨어 있는 것 같다. 그러니 수상한 사람을 보았는지, 혹은 수상한 일 등을 겪은 적이 없었는지를 알려 달라.

게다가 변장술의 명수라 하지 않나? 혹시 잘 알던 이들이 왠지 변한 것 같은 느낌을 받지 않았는지도 캐물을 수 있다.

"위험한 수배자가 마을에 들어왔다는데 협조하지 않을 이는 적지. 특히나 적당히 동전푼 좀 쥐여 주면 더더욱 그렇고."

이러면 질문의 목적이 달라도 답변은 사교도에 대한 정보와 겹치게 된다.

이곳 주민들 역시 소문을 떠드는 것에 대한 심적인 거리감이 적을 것이다.

"우리 돈을 받는다고 나쁜 일 하는 것도 아니니까. 바운티 헌터에게 정보를 건네고 정당한 대가를 받는 것뿐이지 않은가?"

이후 타르만은 일행을 세 팀으로 나누었다.

마법사인 타르만과 전사인 바로스, 전사인 칼드와 마법사인 카르나크, 성직자인 앨리스와 오러 유저 세라티.

혹여나 불미의 사태가 생길지도 모르니 전력을 고르게 분

배한 인선이었다.

카르나크 일행이야 선임의 방식을 옆에서 보고 배워야 하니 1명씩 붙였고.

그렇게 일행은 흩어져 마을 곳곳을 조사하기 시작했다.

확실한 목적이 있으면 행보가 당당해지는 법이다.

아무 의심을 받지 않고 자유롭게 돌아다녔음은 물론이고, 심지어 타르만은 브렐란트 백작을 직접 만나기까지 했다.

명목상으로는 허락을 구하는 의미였다.

수배자가 여기로 도망쳐서 우리가 잡으러 왔다. 폐 끼치는 일은 결코 하지 않을 거다. 이런 위험한 자가 영지 내를 배회하는 것은 브렐란트 백작가에도 좋은 일이 아니지 않나?

이해할 수 있다. 우리도 최대한 협조하겠다.

허락해 주셔서 매우 감사하다.

뭐, 대충 이런 분위기였다.

볼일이 끝나자 타르만은 바로 백작 성을 떠났다. 내내 말 없이 따라다니던 바로스가 의아해했다.

"저기, 이게 끝입니까?"

은근슬쩍 심문을 할 줄 알았는데, 진짜 말 그대로 허락만 받고 나온 것이다. 사교도에 관해선 일언반구도 없었다.

"이럴 거면 뭐 하러 굳이 백작을 만나신 거예요?"

하지만 역시 경력자는 달랐다.

"원하는 건 충분히 건졌다네."

자신만만한 얼굴로 타르만이 손짓을 했다.

"슬슬 여관으로 돌아가지."

해가 저물자 다른 일행도 여관으로 돌아왔다.

타르만이 모두를 모은 뒤 말했다.

"자, 그럼 정보를 교환하세나."

칼드가 먼저 입을 열었다.

"브렐란트 백작가에 관해서입니다."

브렐란트 백작은 올해로 46세가 되는 장년인으로, 백작 부
인은 일찍이 아들을 낳다 죽어 가족은 1명뿐이었다.

부인을 깊이 사랑한 백작은 이후 새로 결혼을 하지 않고
하나밖에 없는 아들을 극진히 보살피며 살고 있었다. 하지만
그 아들도 워낙 허약하게 태어나 스물을 넘기지 못할 거란
이야기였다.

"7여신교의 신성력으로도 어찌할 방법이 없는 불치병이라
는군요."

7여신교의 신성 치유술은 물론 대단하지만 한계도 명확했
다.

사지의 재생, 사자의 부활, 타고난 불치병 등은 신성술로
도 치유가 불가능하다. 이는 여신께서 정한 자연스러운 세상
의 이치다.

"그나마 7여신교 덕분에 아직까지 살아 있다는 쪽이 옳겠

죠."

타르만이 고개를 끄덕였다.

"사령술사들이 파고들기 좋은 부분이군."

죽음을 두려워하는 이들일수록 사령술사에게 쉽게 현혹된다.

7여신교의 신성술로는 불가능한 것도 사령술로는 가능하다. 타인을 희생시키는 사악한 방식이라면 여신의 섭리조차도 거역할 수 있다.

물론 그만큼의 대가를 치러야 하지만.

심문관 앨리스도 모아 온 정보를 풀었다.

"최근 영지의 치안이 매우 좋아졌다고 해요."

브렐란트 백작가에서 작정하고 강도며 도적, 부랑자 등을 검거해 영지 밖으로 추방시킨 덕분이었다.

"일단 겉으로는 훌륭한 영주님처럼 보이지만……."

앨리스의 말에 칼드가 고개를 저었다.

"의심스럽군요."

"그렇죠. 저희는 오는 길에 이런 이야기를 듣지 못했으니까요."

수도에서 이곳까지 내려오며 인근 마을도 제법 들렀다. 그러나 그곳에서는 딱히 이런 소문을 듣지 못했다.

얼핏 그럴 수도 있지 않겠냐 싶겠지만, 이는 사실 이해하기 힘든 일이다.

"자기 살던 동네에서도 추방당할 정도의 범죄자들이, 대거 다른 마을로 흘러들어 갔는데 조용히 지낼 가능성이 얼마나 될까요?"

그렇다고 타르만 일행과 추방자들의 동선이 우연히 단 한 번도 겹치지 않았다는 것 역시 어색하긴 마찬가지다.

그렇다면 저 추방당한 자들은 대체 어디로 간 걸까?

"대규모의 행방불명, 이 역시 사령술사가 개입했을 때 흔히 벌어지는 일이죠."

"백작이 뭔가 뒤가 구리다는 건 분명해 보이는군."

중얼거리며 타르만은 차가운 미소를 지었다.

"난 직접 백작의 성을 찾아가 보았다."

물론 사교도에 관련된 이야기는 일언반구도 하지 않았다. 브렐란트 백작과의 만남에서 뭔가 건진 것은 하나도 없다.

중요한 건 성에 들어갔다는 사실 자체였다.

"백작 성을 구경하며 재미있는 걸 찾았다네."

창문 군데군데, 유독 천이 두꺼운 커튼들이 걸려 있었던 것이다.

"무슨 수를 써서라도 태양 빛을 차단해야 할 필요성이 있는 것처럼 말이지."

칼드와 앨리스의 눈빛이 빛났다.

"그건……."

"어쩐지 익숙한 이야기네요."

둘 다 내심 짐작이 가는 바가 있는 듯했다.

타르만이 손을 저었다.

"함부로 입에 담지는 말게. 선입견에 빠질 수도 있으니."

아직 조사는 끝나지 않았다.

확실하게 증거를 잡을 때까진 모든 가능성을 열어 두어야
한다.

"그 전까진 판단을 유보해야지. 신중함 또한 킹스 오더의
의무이니."

배우는 입장이라 카르나크와 바로스, 세라티는 말없이 옆
에서 듣고만 있었다.

하지만 정답은 이미 알고 있다.

[이 동네에 뭐 살아요, 도련님?]

[뱀파이어.]

미안하지만 카르나크 입장에선 탐색이고 수소문이고 다
의미 없는 것이다.

세라티가 의아해하며 마법 전언을 보냈다.

[어떻게 그런 것까지 알 수 있는 거예요?]

카르나크가 사령술의 극에 다다른 자였다는 건 안다. 아
무리 사소한 어둠의 흔적이라도 쉽게 파악할 수 있다는 것

또한.

아무리 그래도 이해하기 힘든 부분이 있었다.

[저도 어둠의 기운은 어느 정도 감지할 수 있거든요. 내심 엄청 집중해서 마을 곳곳을 탐지하기도 했고. 하지만 아무것도 못 느꼈는데요.]

심지어 사령술 탐색의 전문가인 심문관 앨리스 역시 아무것도 못 찾았다.

[우리가 그렇게까지 둔한가요?]

[꼭 그래서만은 아니고.]

아무리 카르나크라도 인간인 이상, 너무 희미한 흔적은 종종 놓치곤 한다.

[나라고 뱀파이어의 기운 자체를 느낀 건 아니야. 그건 철저하게 잘 감췄더라.]

제대로 사령술을 펼쳐 제대로 흔적을 모두 지웠다. 아마 알리우스가 직접 와도 아무런 단서를 찾지 못했을 것이다.

카르나크가 파악한 건 뱀파이어의 흔적이 아니라, 그걸 감추겠다고 펼쳐 놓은 수법이었다.

[영지 곳곳에 뱀파이어 탐지 차단 술식이 펼쳐져 있는데 왜 모르겠어.]

어떤 식으로든 사령술이 관련되면 도저히 카르나크의 눈을 속일 수 없다.

흔적을 그냥 놔두면 바로 알아챈다.

흔적을 지우면, 지우는 수법을 통해 바로 알아챈다.

[그럼 차단 술법마저 탐지 못 하게 또 술식을 걸면요?]

[그 술식은 뭐, 사령술 아니래니?]

[아, 의미가 없구나…….]

티 안 나게 세라티가 다른 질문을 던졌다.

[그럼 이제 어쩌죠?]

[뭘 어째?]

[저들에게도 이 사실을 알려 줘야 하지 않나요?]

[뭐 하러? 어차피 저쪽도 목표가 뱀파이어란 것쯤은 짐작하고 있을 텐데.]

답을 알고 있다고 다가 아니다.

왜 그런 답을 냈는지, 증거가 무엇인지 입증하는 과정도 못지않게 중요하다.

편법으로 정답을 알게 되었다면 그 답이 왜 나왔는지를 설명할 수 있어야 들키지 않을 것 아닌가?

[얌전히 옆에서 보고 배우기나 하자고. 그래야 나중에 우리도 써먹지.]

───※───

같은 시각, 브렐란트 백작의 고성.

어둠이 짙게 깔린 식당에서 10대 중반의 어린 소년이 술잔을 기울이고 있었다.

소년을 바라보며 백작이 물었다.

"배는 부르느냐?"

"예, 아버지."

술잔을 내려놓으며 소년이 미소를 지었다.

잔에 담긴 핏물을 바라보며 백작이 재차 물었다.

"……이 아비를 원망하지 않느냐?"

"제가 왜 원망하겠습니까?"

진심으로 소년은 웃고 있었다.

"난생처음, 삶이 이토록 편할 수도 있다는 걸 알았는데
요."

하루 종일 그를 괴롭히던 지독한 두통도, 제대로 움직여지
지 않는 사지의 무기력함도 없다.

더 이상 깊은 밤, 잠을 설치다 극통에 울부짖으며 깨어나
지도 않는다.

소년이 새삼스럽다는 듯 스스로를 돌아보았다.

"다른 사람들은, 다들 이런 고통 없는 삶을 살고 있었군
요."

백작이 조심스레 질문을 이었다.

"뱀파이어의 삶을 살게 된 것이 만족스럽다는 거냐?"

이제 그의 아들은 타인의 피를 탐하며, 한평생 어둠 속에
서만 살아야 하는 괴물이 되었다.

정녕 저 운명이 만족스러운 걸까?

그런 듯했다.

"어차피 인간도 무엇인가를 죽여서 먹어야만 삶을 유지할 수 있지요. 그런 면에서 오히려 아버님은 자비로우신 것 같습니다만."

짐승의 피는 먹을 수 없다. 마물의 피도 먹을 수 없다.

오로지 동족의 피만 먹어야 하는, 숙명적으로 저주받은 괴물.

그러나 그의 아들은 여태 아무도 죽이지 않았다.

아들에게 피를 제공하는 이들은 검은 신의 교단이 준비한 신도들이었다. 그들에게 일정량의 피를 받고 그 대가로 충분한 돈을 하사해 주었다.

도덕적으로 지탄받을 일은 아무것도 하지 않았다.

그리고 태양 빛을 보지 못한다는 점은……

"원래도 못 봤는데요, 뭘."

너무 허약해 햇빛 아래에선 금방 현기증이 나는 아들이었다. 오히려 해가 진 후라도 멀쩡하게 움직이는 지금이 훨씬 만족스럽다.

"식습관이 조금 변하고, 조심해야 할 것이 늘었을 뿐입니다. 어찌 되었건 죽는 것보단 낫네요."

그제야 백작도 미소를 떠올렸다.

"다행이구나."

처음엔 아들만 살린 뒤 바로 자수할 생각이었다.

하지만 더 이상 그럴 생각은 없었다. 예상보다 상황이 나쁘지 않았던 덕이다.

물론 앞으로도 아들의 삶이 평탄하진 않을 것이다.

흡혈귀는 추악한 마물이고, 세상이 아들의 정체를 알아내면 무슨 수를 써서라도 퇴치하려 하겠지.

죽인다는 개념도 없을 것이다. 뱀파이어는 언데드, 살아서 움직이는 시체일 뿐이니까.

순간 백작은 분노했다.

'내 아들이 시체라고? 저렇게 멀쩡히 움직이고 떠들며 웃고 있는데?'

아들은 달라지지 않았다.

여전히 예의 바르고 귀족다운, 그의 모든 것을 물려받은 후계자였다. 성격도 지혜도 전혀 바뀐 것이 없었다.

이제야 알겠다.

7여신교의 가르침이 틀린 건 아니다. 분명 그들의 가르침은 세상의 이치를 따르는 것이었다.

지금까지는.

하지만 세상이 변했다.

세상 만물 모든 것은 시간 앞에서 영원치 않고 항상 변화하며, 이는 여신의 가르침조차 예외가 될 수 없는 법.

검은 신의 교단은 사교가 아니다.

그저 새로운 시대의, 새로운 진리일 뿐이다.

백작은 사랑하는 아들에게 속삭였다.

"조금만 참거라. 언제까지고 그 몸으로 살진 않을 게다."

테스라낙께서 강림하면 저 아이도 평범한 삶을 살 수 있으리라.

죽은 자와 산 자가 모두 조화를 이루어 자유롭게 자신의 삶과 죽음을 선택할 수 있는 낙원이 열릴 테니까.

브렐란트 백작은 각오했다.

이를 위해 남은 평생을 저 아이를 위해 바칠 것이다. 그리하여 저 아이가 당당히 살아갈 수 있는 세상을 열고야 말 것이다.

"저물어 가는 여신의 빛이 사그라지고 세상이 어둠으로 뒤덮일지니…….'"

그가 홀린 듯 검은 신의 가르침을 읊조렸다.

"가장 어둠이 짙을 때, 여명이 밝아 오며 새로운 세상이 오리라……."

※

다음 날도 타르만 일행은 계속 정보 수집에 나섰다.

곳곳을 오가며 수배서를 내밀고 수배자를 찾는 척하며 마을의 이상한 점을 파악한다.

앨리스를 따라다니던 세라티가 은근슬쩍 물었다.

"……뱀파이어, 맞죠?"

"일부러 입에 담진 않았지만……."

앨리스는 쓴웃음을 지었다.

"이 정도로 뻔하면 상관없겠죠?"

좀비나 구울은 움직이는 시체일 뿐이라 일상생활이 불필요하고, 사령이나 망령 계열은 커튼 좀 단다고 해결될 일이 아니고, 라이프 드레인 계열로 수명을 연장시키는 사령술사들은 태양 빛 아래에서 힘만 약해지지 죽는 건 아니니까.

리치나 데스 나이트? 그 정도로 강력한 놈들은 햇빛 좀 내려찍어 봐야 흠집도 안 난다.

"언데드인데 집에 커튼 두껍게 다는 놈들은 어지간해선 뱀파이어죠."

고개를 끄덕이며 세라티가 다시 물었다.

"그럼 이렇게 계속 증거를 찾는 건가요?"

"네. 지루한 작업이죠."

하지만 의외로 빨리 끝날 수도 있다고 했다.

"간혹 행운이 따르는 경우가 있거든요. 악운이라고 하는 쪽이 옳겠지만."

이런 식으로 탐문을 계속할 경우, 사교도들의 반응은 보통 두 가지다.

첫 번째는 괜히 긁어 부스럼 만들지 않고 그냥 무시하는 것.

바운티 헌터들이 수배자를 찾아 여기저기 돌아다니는 일 자체는 워낙 흔하다.

제 발 저려 먼저 정체를 드러냈다가 운 나쁘게 걸리는 경우도 없지 않으니 신중한 사교도들은 그냥 숨어서 지나가기만 기다린다.

두 번째는 긁어서라도 부스럼을 떼겠다는 경우다.

의외로 성질 급한 사교도들 중엔 이런 경우도 제법 있다.

"확률은 반반 정도?"

그래서 내일부턴 일부러 해가 진 후에 돌아다닐 셈이라 했다.

"잘하면 저쪽이 먼저 습격할지도 모르니까요."

"과연 악운이네요, 위험과 기회가 동시에 온다니."

그렇게 두 여인이 대화를 나누며 길을 걷고 있을 때였다.

저만치에서 한 청년이 다가왔다. 백작가 휘하의 자경단 중 1명이었다.

"그대가 바운티 헌터, 멜라 양인가?"

참고로 멜라는 앨리스가 사용 중인 가명이다.

"무슨 일이신가요?"

청년이 서류 한 장을 꺼내 건넸다.

"수배자를 찾았다. 그대들에게 전하라고 하시더군."

"네?"

의아해하는 두 사람을 뒤로한 채 청년은 그대로 떠났다. 그냥 시킨 일이니까 했을 뿐이라는 태도였다.

남은 세라티와 앨리스가 서로를 바라보았다.

"있지도 않은 수배자를 어떻게 찾았대요?"

"그러게요. 이런 경우는 또 처음이네."

전달받은 정보를 요약하면 대충 이렇다.

마을 외곽에 수배자의 은신처로 추정되는 곳을 찾았다. 낮에는 다른 곳에 숨어 있는지 행적을 파악할 수 없지만, 밤이 되면 그곳으로 돌아와 잠을 청하는 것 같다.

그러니 그때를 노려서 붙잡으시라~.

바운티 헌터들에게 정보만 휙 던져 주고 손 떼는 건 일견 영주의 책무를 유기하는 것처럼 보인다.

하지만 따져 보면 당연한 일이다.

영지의 병사를 움직이다가 부상자, 혹은 사망자라도 나오면 그에 따른 비용이 발생한다.

외지인이 공짜로 골칫거리를 제거해 준다는데 왜 굳이 병사들을 굴릴까?

영지를 다스리는 영주라면 응당 취할 법한 태도였다.

"수배자가 실제로 존재했다면 말이지."

타르만 일행은 코웃음을 쳤다.

"함정이네요."

"심지어 밤에만 나타난다고? 이건 뭐, 확정이군요."

"이 동네 사교도들은 좀 멍청한가 보죠? 이런 뻔한 함정에 우리가 걸릴 거라 생각하나?"

그때 카르나크가 분위기를 환기시켰다.

"저기, 오히려 골치 아파진 것 아닙니까?"

"음? 골치라니?"

"사교도 입장에서 생각해 보잔 말입니다."

기껏 정보를 전해 줬는데 타르만 일행이 무시해 버리면?

진짜 목표가 수배자가 아니란 걸 인정하는 셈이다. 사교도 입장에선 주의를 기울여야 할 근거가 생긴다는 의미다.

만약 일행이 아무 생각 없이 함정으로 기어들어 오면?

평범한 바운티 헌터라는 의미가 되겠지.

하지만 그래도 상관없다.

이는 연고 없는 외지인들이 인적 드문 곳으로 와 준다는 소리다. 슥삭 해치워 버리고 대량의 맛있는 피를 챙길 수 있다.

타르만 일행이 정말 킹스 오더이고, 함정인 줄 알면서도 일부러 함정에 빠진다면?

어차피 해치워야 할 킹스 오더를 유리한 장소에서 유리한 판을 깔고 상대할 수 있다.

"뭐가 됐건 사교도 입장에선 손해 볼 게 없는 것 같은데요."

잠시 침묵이 흘렀다. 이들도 거기까진 생각지 못한 것이다.

내심 카르나크는 혀를 찼다.

'이것들, 제법 세밀하게 움직이는 줄 알았더니 은근히 허술하잖아.'

하긴, 킹스 오더가 창설된 지 채 1년도 되지 않았다. 아직 다양한 노하우가 쌓일 시기는 아니다.

"젠장."

수배자 초상화를 구기며 타르만이 소태 씹은 표정을 지었다.

"수배자 찾는 수법은 앞으론 못 써먹겠군."

칼드가 안색을 굳히며 물었다.

"그럼 어쩌죠, 대장?"

무시해야 하나? 아니면 함정인 줄 알면서도 가야 하나?

잠시 고민하던 타르만이 힐끔 카르나크 일행을 보며 표정을 풀었다.

"그러고 보니 우린 운이 꽤 좋아."

원래는 타르만과 칼드, 앨리스 셋이서 이 임무를 맡을 예정이었다.

이들만으로 함정인 줄 알면서 뱀파이어의 소굴로 기어들어 간다?

"승산이 없다고 할 정도는 아니지만, 리스크도 무시할 순 없지."

하지만 지금은 카르나크 일행, 정확히는 오러 유저인 세라
티가 있다.

킹스 오더로서나 견습이지, 실전 능력은 어딜 가도 꿀리지
않는 강자가.

"함정에 빠져 주자고."

그날 저녁, 타르만 일행은 마을 외곽의 한 오두막에 모여
있었다. 브렐란트 백작가가 알려 준 일명 '존재하지도 않는
수배자'의 은신처였다.

대충 아무 의자에나 걸터앉은 뒤 타르만이 중얼거렸다.

"이제 해가 질 때까지 기다리기만 하면 되겠군."

다들 휴식을 취하며 다가올 전투를 준비하기 시작했다.

그 모습을 지켜보며 세라티는 의문을 가졌다.

'너무 느긋한데?'

아무리 오러 유저인 그녀를 믿는다고 해도 여유가 지나쳐
보였다. 자신들이 위기에 처할 거란 생각은 전혀 하지 않는
모습이었다.

'뱀파이어가 그렇게나 만만한 존재인가?'

그래서 은근슬쩍 타르만에게 물었다.

"뱀파이어는 얼마나 강한가요?"

타르만이 피식 웃었다.

"세라티 경이 신경 쓸 정도는 아닐세."

뱀파이어가 되면 인간일 때보다 몇 배나 신체 능력이 강해진다. 또한 계속 피를 마시며 힘을 키우다 보면 특유의 혈마법도 구사할 수 있다.

"즉, 인간일 때보다 몇 배 강해지는 게 전부란 소리지. 피를 많이 먹은 놈들은 일류 기사 이상의 능력을 보이기도 하네만……."

그래 봤자 현 일행의 전력에 비하면 크게 경계할 정도는 아니다.

"몇 놈이나 되느냐가 관건인데……."

이 역시 사라진 인간들의 숫자를 통해 대충 계산할 수 있다. 저들의 피를 빨아먹었을 테니까.

보급을 통해 인원수를 파악하는 것과 비슷한 방식이다.

"많아 봐야 10명 남짓, 큰 위협은 아니라고 판단했네. 그래서 나도 함정에 일부러 빠진다는 선택을 내릴 수 있었고."

세라티는 의아해했다.

"오래된 뱀파이어는 충분히 강력하지 않나요?"

그녀가 읽은 모험담 중엔 수백 년씩 살아온 군주급 뱀파이어도 나왔던 것이다.

그러자 칼드와 앨리스가 피식 웃었다.

"아, 그야 모험담 같은 데선 그렇게 나오지만……."

"현실적으로 그런 뱀파이어가 있을 수 없잖아요."

수백 년씩 피를 마시며 힘을 키운 군주급 뱀파이어라면 분명 굉장한 괴물이겠지.

그런데, 과연 수백 년씩 안 들키고 피를 마실 수 있을까?

"보통은 그 전에 정체 발각돼서 다 죽죠."

"그, 그래요?"

뱀파이어는 다른 마물들처럼 외진 곳에서 힘을 키울 수 있는 존재가 아니다. 인간의 피를 마셔야 한다는 특성상 인류의 생활권에 수시로 흔적을 남길 수밖에 없다.

그렇게 매일같이 피를 빨면서 수백 년을 버틴다?

이게 가능하려면 두 가지 전제가 필요하다.

첫째, 뱀파이어 자체가 실존하지 않는 전설로 치부될 것.

둘째는 투기나 마법, 신성력 같은 초인적인 능력이 실존하지 않거나 있다 해도 극히 드물 경우다.

뱀파이어가 존재한다는 걸 모두가 당연시하고, 또 인간의 몸으로도 뱀파이어 이상의 이능을 얻을 방법이 세상에 널려 있다면 어떻게 될까? 사냥꾼과 뱀파이어 둘 다 비슷한 능력을 사용할 수 있다면?

"그냥 대낮에는 돌아다니지도 못하는, 피 훔쳐 먹는 범죄자일 뿐이잖습니까? 그것도 수시로 범죄를 일으켜야만 하는."

"몇 년 정도야 어떻게든 살아남을 수 있다 쳐도 수백 년을 그렇게 버틸 수는 없죠."

"그래서 오래된 뱀파이어는 진작 전부 사라졌습니다."

"하지만 뱀파이어 자체를 근절시키기는 또 어렵죠."

"뱀파이어는 풍토병 같아서, 아무리 멸절시키려 해도 어디선가 다시 나타나니까 말이죠."

칼드와 앨리스의 설명에 세라티는 머쓱해했다. 역시 이야기와 현실은 좀 다른 것 같았다.

그래도 아직 궁금한 점은 남아 있었다.

"오러 유저나 마법사가 뱀파이어가 될 경우엔요? 이 경우라면 뱀파이어가 되어도 충분히 강하지 않나요?"

그건 또 아닌 모양이었다.

타르만의 말에 따르면 오러 유저나 마법사, 성직자의 경우엔 뱀파이어가 된다고 딱히 좋을 게 없다는 것이다.

"투기나 마력 같은 기운은 뱀파이어가 되면 오히려 못 쓰게 되거든. 더 약해진다고 봐야지."

기운은 서로 섞이지 않는다.

아무리 강력한 오러 유저나 마법사라도 뱀파이어가 되는 순간 기존의 투기와 마력을 잃게 된다.

평범한 뱀파이어로 시작해, 처음부터 어둠의 마력을 다시 키워야 하는 것이다.

괜히 이들의 태도가 느긋한 게 아니었다.

현존하는 뱀파이어는 아무리 오래되어 봤자 10년 이상 묵은(?) 놈들이 없고, 그 이하는 인간일 때의 강함과 무관하게 한계가 명확하다.

"세라티 경은 뱀파이어에 대해 모르는 게 많으시군요."

"이야기만 들었지 직접 상대해 본 적은 없어서……."

"그럼 좀 알려 드려야겠네요."

아무리 뱀파이어가 만만하다 해도 아주 무시할 순 없다.

선임답게 타르만 일행은 이런저런 이야기를 해 주었다.

"제일 효과적인 건 역시 신성력이지요. 아니면 신성력이 깃든 7여신교의 성물이나."

이는 뱀파이어뿐 아니라 모든 언데드들의 공통적인 약점이다.

"태양 빛이야 워낙 유명한 거고……."

"은이 약점이라는 건 틀린 이야기예요. 정확히는 신성은(神聖銀)에 약한 거죠. 은이라는 금속이 제일 신성력을 담기 쉬우니까."

다만 한 가지만큼은 이들도 잘 모르는 듯했다.

"마늘의 경우엔 애매하다네."

"상대해 본 사람들마다 말이 조금씩 다르거든요."

흡혈귀는 마늘을 두려워한다.

마늘 따위 전혀 소용없다. 마늘을 두려워한다는 것은 어리석은 미신일 뿐이다.

흡혈귀가 마늘을 꺼리긴 하지만, 그렇다고 무슨 실질적인 타격을 받는 것은 아니다 등등.

"킹스 오더 내에서도 이 부분은 의견이 분분하더군. 뭐가 진짜인지, 원."

그때 세라티는 문득 떠올렸다.

'가만, 바로 옆에 전문가가 있잖아?'

굳이 호기심을 안고 있을 필요가 없다. 그냥 카르나크에게 물어보면 된다.

[뭐가 진짜예요?]

[그게, 음…….]

애매하다는 듯 카르나크가 대꾸했다.

[효과가 있다면 있고, 없다면 없다고 해야 하려나, 이걸?]

[네?]

[흡혈귀 사냥꾼들이 온몸에 마늘즙 발라서 냄새를 풍기거나 아예 목에 걸고 다니거나 하잖아. 이걸 뱀파이어 시점으로 바꿔 보면 이런 느낌이래.]

웬 미친놈이 전신에 배설물을 처바른 채 싸우자며 덤빈다.

혹은 목에 X을 걸고 다니며 미친 듯이 칼을 휘두른다.

[좀 더러운 이야기지만 이해는 바로 되지?]

세라티는 기겁했다.

[……강하고 약하고를 떠나서, 진짜 가까이 가고 싶지 않겠네요.]

이래서 킹스 오더 내에서도 말이 전부 다른 것이다.

뱀파이어 역시 비위의 기준이 저마다 다르다.

누군가는 더러워서 피하지 무서워서 피하냐며 그냥 도망가 버릴 것이고, 누군가는 애써 눈 딱 감고 무시할 것이며, 누군가는 오히려 분노해 더더욱 죽이려고 날뛰겠지.

[그래도 효과가 아주 없는 건 아니니까 챙겨 둬서 손해 볼 건 없어.]

실제로 타르만 일행도 이미 마늘을 한 움큼 쟁여 둔 상태였다. 급할 때 던지면 빈틈 만드는 정도는 기대할 수 있는 것이다.

타르만이 너털웃음을 흘렸다.

"이래 봬도 킹스 오더는 왕국의 최정예들 아닌가? 방심은 금물이겠지만, 뱀파이어 무리 정도에 과하게 긴장할 필요도 없다네."

느긋하게 휴식을 취하는 동안 해가 저물어 갔다.

어느덧 낮이 가고 밤이 어둠을 드리운다. 석양이 순식간에 사라지고 세상이 컴컴해진다.

문득 카르나크가 전언을 날렸다.

[놈들이 온다. 저들에게도 알려.]

지시를 받은 세라티가 입을 열었다.

"슬슬 준비를 해야 하지 않을까요?"

명상 중이던 타르만이 의아해했다. 성직자인 앨리스는 아직 아무 경고도 하지 않았다.

"뭔가를 감지했나, 세라티 경?"

"그건 아닌데, 그냥 감이 안 좋아요."

그러자 타르만뿐 아니라 앨리스와 칼드까지 안색이 바뀌었다.

"오러 유저의 감은 무시할 수 없죠."

"그렇지."

이게 카르나크가 굳이 세라티를 시킨 이유였다.

평범한 마법사가 성직자조차 감지하지 못한 뱀파이어의 접근을 눈치챘다는 건 의심스러운 일이다.

하지만 세라티는 상관없는 것이다.

오러 유저의 감이란 게 워낙 두루뭉술하다 보니 다들 그러려니 한다.

자리에서 일어나며 타르만이 마법의 완드를 움켜쥐었다.

"다들 전투준비!"

다른 이들도 각자 무기를 든 채 신경을 곤두세웠다.

과연 뱀파이어들이 어떤 식으로 공격을 가해 올까?

천장? 벽? 창문?

아니면 멀리서 불화살 같은 걸 날릴 수도 있다. 뱀파이어가 두려워하는 건 태양이지 불은 아니니까.

그렇게 한참 긴장을 늦추지 않을 때였다.

갑자기 앨리스의 안색이 창백해졌다.

'이 기운은?'

동시에 오두막이 폭발해 버렸다!

콰아아아앙!

어마어마한 광량의 빛이 오두막을 직격해 날려 버린 것이다.

작긴 해도 멀쩡한 집 한 채가 일순간에 폭삭 내려앉았다.

우르르르…….

쏟아지는 목재 파편 사이로 흙먼지가 피어올랐다.

그 사이로 6개의 그림자가 뛰쳐나왔다. 앨리스가 신성한 가호를 펼쳐 모두를 보호한 덕분이었다.

"뭐야, 이건?"

"뱀파이어가 이렇게까지 강하다고?"

타르만 일행은 당황했다.

방금의 일격은 어지간한 오러 유저, 혹은 고위 마법사나 보일 수 있는 위력이었다.

마당으로 뛰어나온 일행 앞에 눈을 붉게 빛내는 뱀파이어 10명이 서 있었다.

개중 유독 눈에 띄는 놈이 하나 보였다.

"역시 킹스 오더 놈들이었군."

무리의 선두에 선, 적색으로 빛나는 칼날을 겨누고 있는

30대 중반의 장년인이었다.

"바운티 헌터 따위가 이 일격을 피할 수 있을 리 없지."

피처럼 붉은 투기검을 쥔 채 서서히 걸음을 옮기기 시작한다.

적색 오러가 흔들리며 대기를 진동시켜 섬뜩한 굉음을 발한다.

웅, 웅웅웅!

세라티는 옆을 돌아보았다.

"저기요, 타르만 공?"

분명 타르만은 오러 유저가 뱀파이어 되어 봤자 별 볼 일 없다고 했다.

차라리 새로 힘을 키우면 키웠지, 기존의 투기는 쓸 수 없다고.

"그럼 저건 뭔가요?"

타르만이 인상을 구겼다.

"……저게 어찌 된 일이지?"

당황한 이는 타르만과 앨리스뿐만이 아니었다.

칼드는 숫제 시체처럼 굳어 있었다.

아는 얼굴이었던 탓이다.

"……듀랄드 경?"

브렐란트 백작가 최강의 기사이자 적색급 오러 유저가 뱀파이어가 되어 눈앞에 나타난 것이다.

칼드의 반응을 본 듀랄드가 눈을 가늘게 떴다.

"어째 익숙한 얼굴이다 했더니 델림의 쌍검이었군. 킹스 오더에 들어갔나?"

믿을 수 없다는 듯 칼드가 더듬거렸다.

"어, 어째서 당신이 뱀파이어가 되었단 말입니까?"

원래부터 뱀파이어였을 리는 없다. 2년 전만 해도 듀랄드는 틀림없는 인간이었다.

대낮에, 땡볕 아래에서 그를 본 적이 있으니까!

"대체 당신 같은 사람이 뭐가 아쉬워서…… 오러 유저가 뱀파이어가 되면 오히려 힘을 잃게 될……."

아니, 그건 아니다.

지금 듀랄드의 손에 쥐여 있는 것은 틀림없는 투기검.

'어떻게 된 거지?'

혼란스러워하는 칼드를 뒤로한 채 타르만이 앞으로 나섰다.

"브렐란트 백작가가 사교단과 결탁했음이 확인되었군."

그새 진중한 얼굴로 돌아와 주위를 둘러보며 입을 연다.

"킹스 오더에 주어진 권한에 의거, 그대들을 여신과 국왕의 적으로 간주하겠다! 순순히 무릎을 꿇고 왕명을 받들라!"

뱀파이어들이 기이한 웃음을 흘리기 시작했다.

"크크큭……."

"키키키킥⋯⋯."

"왕명?"

"무릎을 꿇으라고?"

"누가 누구에게?"

타르만은 흥분하지 않았다.

정해진 절차라 취했을 뿐이다. 저들이 순순히 항복할 거란 기대는 애초에 하지도 않았다.

"따르지 않겠다면 즉결심판뿐!"

칼드와 바로스가 전투태세를 취했다. 카르나크도 마력을 끌어 올렸고, 앨리스도 신성한 힘을 주위에 둘렀다.

"킹스 오더여! 왕의 이름으로 저들을 벌하라!"

듀랄드도 오른손을 들었다.

"가라, 테스라낙의 첨병들이여!"

뱀파이어들이 일제히 몸을 날리기 시작했다.

"우리의 신에게 이단자의 피를 바쳐라!"

⁂

타르만 일행과 카르나크, 바로스는 잽싸게 원진부터 형성했다.

서로 등을 맞대고 배후 공격에 대비하며 달려드는 뱀파이어 무리를 상대하기 위해서다.

선두에 선 뱀파이어 하나가 날카로운 기합을 터트렸다.

"캬아아악!"

양 손톱이 길어지며 10개의 칼날이 되어 휘둘린다. 시뻘건 혈기의 그물이 허공을 가른다.

일반 병사라면 이것만으로도 기겁했겠지만…….

"흥!"

코웃음을 치며 칼드는 공세를 받아넘겼다.

이건 사실 평범한 단검 휘두르는 것과 큰 차이가 없는 것이다.

손가락이 5개니 칼날도 5개라고? 그래 봤자 전부 손바닥에 붙어 있지 않나?

궤도는 칼날 5개가 전부 같다. 범위만 조금 넓어졌을 뿐이다.

그걸 양손으로 휘두르니 그냥 쌍수 단검술이나 마찬가지다.

"진짜 쌍검술을 보여 주마!"

칼드도 반격에 나섰다.

쌍검이 어지럽게 춤을 춘다. 단검으로 공세를 튕겨 내며 장검으로 연격을 날린다.

"으윽!"

덤벼든 뱀파이어가 피를 흘리며 물러섰다.

그 틈에 칼드가 거리를 좁혔다.

파고듦과 동시에 이번엔 쌍검이 역할을 바꿨다.

빠른 전환이 가능한 단검이 공세를 취하고, 장검의 긴 칼날이 방패가 되어 몸을 보호한다.

옆에서 기회를 노리던 다른 뱀파이어의 손톱이 칼날에 막혔다. 동시에 놈의 가슴팍에도 피가 튀었다.

"비, 빌어먹을 왕실의 개…… 쿨럭!"

채 말을 잇지 못하고 거친 숨을 내쉰다. 단검이 폐부까지 후벼 파 버린 탓이다.

이 빠른 공방의 변화야말로 칼드가 델림의 쌍검이라 불리게 된 이유였다.

비록 투기를 각성하진 못했지만, 이미 그는 경지에 오른 검사인 것이다.

그렇게 칼드는 뱀파이어 둘을 상대로 노련하게 전투를 이어 갔다.

하지만 바로 결판을 낼 순 없었다.

뱀파이어는 칼 좀 맞았다고 바로 쓰러지지 않으니까.

인간이라면 일격에 쓰러졌을 중상이라도, 놈들에겐 그냥 피 좀 잃고 도로 아무는 피육의 상처일 뿐이었다.

'역시 재생력 있는 놈들은 귀찮군!'

그래서 필요한 것이 바로 성직자의 신성력.

앨리스가 지팡이를 들어 올렸다.

"아티마시여! 당신의 검에 사특함을 베는 가호를 내리소서!"

칼드의 쌍검에 은은한 빛이 맴돌았다. 언데드의 재생력을 약화시키는 신성 주문이었다.

이걸로 그치지 않고 새로운 주문을 이어 간다.

"여신의 빛 앞에 부정한 것은 불타오를지니!"

은은한 광휘가 아군과 적군 모두를 덮어 갔다.

인간에겐 아무 문제 없지만 언데드에겐 불길처럼 느껴지는 빛이었다.

피부가 타들어 가는 듯한 고통을 느끼며 뱀파이어들이 악을 썼다.

"캬아악!"

"성직자!"

"저년부터 해치워!"

두꺼운 갑옷으로 무장한 뱀파이어 한 마리가 할버드를 내리찍었다.

날아드는 도끼날을 보며 앨리스가 툴툴거렸다.

"만날 이래. 항상 나부터 노린다니까."

항상 겪는 상황이란 소리는, 그 상황에 충분히 익숙하다는 의미.

몸을 틀며 그녀 역시 지팡이를 내리찍었다. 뱀파이어가 아니라 대지를 향해.

쿵!

땅을 타고 빛이 번지며 달려들던 뱀파이어의 발을 묶었다. 덕분에 내려치던 할버드의 기세도 한풀 꺾였다.

기세를 잃은 도끼날이 앨리스의 실드를 뚫지 못하고 도중에 멈췄다. 그녀가 손을 뻗었다.

"아티마의 섬광이여!"

빛의 탄환이 뱀파이어의 복부를 강타했다.

"크억!"

나가떨어지는 놈을 보며 앨리스가 의기양양하게 외쳤다.

"성직자는 싸움 못하는 줄 알아? 우리도 공격 주문은 얼마든지 있다고!"

자빠진 뱀파이어는 금방 도로 일어났다.

언데드의 천적이라는 신성력을 정통으로 맞았음에도 그리 큰 타격은 받지 않은 모양이었다.

아쉬운 듯 그녀가 말을 이었다.

"……공격 주문 대부분이 마법에 비해 위력이 별로 안 세서 문제지만."

이것이 전형적인 성직자의 전투법이었다.

널리 신성력을 퍼뜨려 접근을 막고, 끝끝내 파고들며 약해진 적은 도로 밀어내며 철저히 호신만을 신경 쓰는 것이다.

굳이 위험을 감수하며 적의 숨통을 끊으려 할 필요가 없다. 그건 어디까지나 다른 동료들의 몫이다.

"파이어 블래스트!"

재차 앨리스를 노리던 중갑 뱀파이어에게 타르만의 폭염 마법이 작렬했다.

콰앙!

덕분에 놈은 기껏 몸을 일으켜 놓고 도로 바닥을 구르는 신세가 되었다.

"크억!"

그 틈에 다른 뱀파이어가 타르만을 노렸지만…….

쿠웅!

그 앞을 2미터 크기의 흙인형이 가로막았다. 타르만이 소환한 골렘이었다.

"젠장! 골렘 따위가!"

치를 떨며 뱀파이어가 손톱을 휘둘렀다.

붉은 혈기가 흙인형을 연신 내려친다. 하지만 워낙 단단해서인지 파편만 조금 떨어지는 데 그친다.

흙인형이 재차 손을 뻗어 뱀파이어를 붙잡으려 했다.

하지만 이번엔 상대도 쉽게 빠져나갔다. 골렘이 워낙 느린 탓이었다.

마법사와 사령술사 모두 술법을 통해 고유의 소환체를 운용한다.

사령술사는 좀비나 구울, 망령이나 사령 등이고 마법사는 골렘이나 꼭두각시 인형, 혹은 환수나 정령이 그것이다.

단, 위력은 꽤나 차이가 컸다.

사령술사는 수백 마리의 좀비도 동시에 다룰 수 있고 인세에 보기 드문 언데드 괴물도 마구 소환하곤 한다.

　그에 비해 마법사의 골렘이나 인형 등은 아무래도 느리고 약하다.

　환수나 정령쯤 되면 그래도 비벼 볼 만한데, 같은 마력이면 마법사가 환수 하나 부를 때 사령술사는 사령 수십 마리를 부릴 수 있다.

　비슷한 수준이면 사령술사의 소환술이 마법사보다 모든 점에서 월등한 것이다.

　반면, 마법사에게도 압도적인 장점이 있다.

　"라이트닝 블래스트!"

　푸른 전격이 허공을 갈랐다. 너무 빨라 피할 수도 없었다.

　뇌전이 후퇴하는 뱀파이어를 정통으로 가격했다.

　"크아아아악!"

　적중당한 놈이 순식간에 검게 탄 재가 되어 사방으로 흩어졌다.

　뱀파이어의 재생력으로도 어찌할 수 없는 가공할 위력이었다.

　일격의 위력은 마법사가 월등한 것이다.

　비슷한 수준이면 마법사의 공격 마법이 사령술사보다 모든 점에서 뛰어나다.

　그래서 소환술을 쓰는 마법사와 사령술사는 전술도 크게

다르다.

사령술사는 소환수가 전투의 주체이며 자신은 전황을 조율하는 사령관 역할.

반면 마법사에게 소환수는 몸을 지키는 방패일 뿐이다. 전투의 주체는 마법사 본인이다.

들끓는 마력을 갈무리하며 타르만이 전황을 살폈다.

'한 놈 해치웠나? 나쁘지 않군.'

전투가 시작된 지 얼마 지나지 않아 적의 전력을 깎았다. 반면 이쪽은 별 피해가 없다.

타르만은 힐끔 카르나크 쪽을 살펴보았다.

저들 덕분이다.

저들의 실력이 기대 이상으로 높았기에 여유로운 전투가 가능했다.

'4서클 마법사에 변경의 일개 기사라더니……'

현재 타르만 일행은 셋이서 뱀파이어 다섯 마리를 상대하고 있었다.

반면 카르나크와 바로스는 단둘이서 네 마리를 상대하는 데도 전혀 밀리지 않는 것이다!

새삼 감탄하며 타르만은 혀를 내둘렀다.

'역시 세상은 넓구나. 저런 강자들이 여태 무명으로 남아 있었단 말인가?'

타르만 눈에는 카르나크와 바로스가 여유롭게 뱀파이어를 상대하고 있는 것처럼 보였다.

하지만 실상은 좀 달랐다.

[아, 이거 애매하네요.]

[하필 상대가 뱀파이어라…….]

여유로운 건 맞다.

위기 따위와 거리가 먼 상황인 것도 사실이다.

하지만 이들의 경력을 생각하면 뱀파이어 네 마리쯤은 벌써 참살했어야 하는 것이다.

이보다 더 강력한 사령술사들을 상대로도 노련함만으로 쉽게 해치우곤 했으니까.

연신 마법을 날리며 카르나크가 중얼거렸다.

[얘들이 어떤 식으로 싸우는 놈들이었냐, 바로스?]

[모르겠는데요.]

검을 휘두르며 바로스는 어깨를 으쓱였다.

[워낙 약해서 그냥 일반 잡병으로 써먹었잖아요.]

세상을 상대로 싸우며 많은 마물들을 휘하로 거느린 카르나크였다. 그 수하 중엔 분명 뱀파이어도 있었다.

문제는, 타르만 일행의 설명에 하등 틀린 부분이 없다는 점이었다.

정말이지 오래 산 뱀파이어가 단 한 놈도 없었다. 그 전에 전부 다 죽었다.

세계 정복하고 수십 년 지난 후에는 그래도 좀 강해진 애들이 나오긴 했는데, 그땐 이미 사령왕에게 대항할 강적 자체가 없는 상황이었다.

[차라리 좀비나 구울이 상대라면 나도 약할 때 많이 써먹었으니 대충 전법을 알겠는데…….]

뱀파이어의 전투는 본 적도 신경 쓴 적도 없다.

[무시하고 그냥 일반 잡병인 셈 치죠.]

[그게 낫겠다.]

두 사람은 차분히 전투를 이어 갔다.

괜히 무리하지 말고 안전하게.

어찌 되었건 이놈들에게 질 일은 없으니까.

그렇듯 상황은 타르만 일행에게 유리하게 진행되고 있었다. 이대로라면 분명 별 피해 없이 뱀파이어 무리를 모조리 해치울 수 있을 터였다.

그럼에도 뱀파이어들은 전혀 두려워하는 기색이 아니었다.

"테스라낙께서 우리를 가호하신다!"

"설령 이곳에서 죽는다 해도!"

"죽음의 신께서 부활의 어둠을 내려 주시리라!"

광신에 물든 이들에겐 재가 되어 사라지는 결말조차도 테스라낙에게 귀의하는 순교일 뿐이다.

동료가 죽어 가도, 자신이 죽어 가도 개의치 않고 무자비하게 덤벼 댄다.

반면 타르만 일행의 안색은 점점 안 좋아지고 있었다.

'우리가 이긴다고 다가 아니잖아.'

'저쪽이 어떻게 되냐가 문제지.'

전투 도중에도 칼드와 앨리스는 공터 저편을 계속 힐끔거리는 중이었다.

아까부터 무자비한 폭음이 쉴 새 없이 이어지는…….

쾅! 콰콰쾅! 콰쾅!

두 줄기 붉은 오러를 교차하며 주위를 초토화시키는 세라티와 듀랄드의 전장이었다.

붉은 칼날이 시야 가득 덮쳐 온다.

집중하며 세라티도 반격에 나섰다.

쿠웅!

투기검과 투기검이 충돌하며 사방으로 충격파가 퍼졌다.

그로 인해 나무가 흔들리고 대지가 파헤쳐져 먼지가 풀풀 일어 올랐다.

자욱한 먼지 사이로 헐떡이는 적발의 여인이 모습을 드러냈다.

"헉, 헉……."

뱀파이어 오러 유저, 붉은 눈의 듀랄드가 감탄한 듯 뇌까렸다.

"아직 어린 나이에 솜씨가 제법이군."

어디까지나 유리한 자의 여유로운 감탄에 불과했지만.

"그래도 내 상대는 아니다!"

재차 오러의 칼날이 날아들었다.

허겁지겁 피해 내며 세라티는 이를 악물었다.

'뭔 나이 운운이야? 딱히 경험이 많아 보이지도 않는데.'

벌써 몇 차례나 서로 맞붙었다. 덕분에 상대의 기량은 파악이 된 상태였다.

투기량 자체는 큰 차이가 없다. 아니, 그녀가 조금 우위이기까지 하다.

검술? 검술도 뭐, 붙어 볼 만하다.

나이야 듀랄드가 세라티보다 10살 이상 많겠지만, 정작 경험만 비교하면 격차가 없었다.

백작가의 기사였던 그는 어디까지나 한정된 상황에서의 전투만을 경험해 왔다.

반면 세라티는 모험가 출신이다.

기간은 짧아도 전투는 훨씬 다양하게 겪은 것이다.

특히나 최근에는 여러 사령술사를 상대하며 더욱 많은 경험을 쌓았다.

오러 유저의 기량만으로 봤을 때, 세라티가 듀랄드보다 모자란 부분은 하나도 없었다.

　그런데도 밀린다.

　단순히 힘과 스피드 때문에.

　"허업!"

　기합을 터트리며 듀랄드가 투기검을 내리쳤다.

　단순한 일격이었다. 평소라면 바로 막아 낸 뒤 반격에 나
섰을 것이다.

　그러나 세라티는 그저 버티는 것에만 급급해야 했다.

　"크으윽!"

　막아 내는 순간 상종 못 할 거력이 양어깨를 짓누른 것이
다.

　뒤이어 듀랄드가 연격에 나섰다. 투기검이 춤을 추며 좌우
로 파고들어 왔다.

　"타앗!"

　이번에도 세라티는 그럭저럭 피해 냈다.

　하지만 피하기만 할 뿐, 그 틈을 노리진 못했다.

　'반격하려다 내가 당하겠어.'

　연신 몰리며 그녀는 이를 갈았다.

　어디를 노리는지는 뻔히 알겠는데, 알면서도 힘에 밀린다.

　다음 공세가 어떤 궤도로 날아들지도 알겠는데, 스피드에
밀려 손을 쓸 수가 없다.

　'진짜 뱀파이어 짜증 나네…….'

인간을 초월하는 뱀파이어의 신체 능력에 오러의 힘이 덧씌워지니, 원래 적색급 오러 유저라면 낼 수 없는 어마어마한 파괴력이 나온다.

그럼 왜 레드 나이트는 저런 파괴력을 낼 수 없냐고?

저게 가능한 시점에서 이미 레드 나이트가 아니라 블루 나이트의 경지거든.

그런데 또 듀랄드가 블루 나이트의 경지냐 하면 그건 아니다.

청색급 오러 유저처럼 능란하게 유능제강의 묘리를 펼치진 못한다. 기술 자체는 그냥 평범하다.

'검술은 밀리지 않는데 힘에서 밀리다니!'

여태 그녀가 상대했던 일반 기사들의 심정을 역지사지로 느끼고 있다 하겠다.

승기를 잡은 듀랄드가 의기양양하게 외쳤다.

"테스라낙께서 내려 주신 권능을 맛보라!"

"그냥 뱀파이어 되고 힘 좀 세진 것뿐이잖아! 그게 무슨 신의 권능이야?"

"어둠의 일족이 되어서도 투기가 빛난다! 이것이 신의 권능이 아니면 뭐가 권능이란 말이냐?"

"아, 그건 또 그럴듯한 소리긴 한데……."

멍하니 중얼거리던 세라티가 고개를 저었다.

'내가 지금 설득당할 상황이 아니지.'

어쨌거나 곤란하다.

다행히 다른 동료들은 잘 싸우고 있는 것 같았지만, 그래 봐야 별 의미가 없었다.

지금의 듀랄드라면 타르만 일행이나 힘을 감춘 카르나크 며 바로스까지도 충분히 상대할 수 있다. 세라티가 패하면 다른 동료들도 위험하다.

물론 저기까지 가면 카르나크가 본색 드러내고 듀랄드를 해치워 버리겠지만…….

'그래도 어차피 타르만 씨 일행은 다 죽을 거 아냐!'

아니면, 죽진 않더라도 뭔가 기억에 심각한 하자가 생길 가능성이 높겠지.

타르만 일행을 위해서라도 결코 패배해선 안 되는 상황이 었다.

세라티의 등이 식은땀으로 천천히 젖어 갔다.

'어쩌지, 이거?'

———※———

상황을 살피던 카르나크가 슬쩍 마법 전언을 날렸다.

[야, 바로스. 저대로라면 세라티 지겠는데?]

검술이 문외한이라고 전투에도 문외한인 건 아니다.

그가 전생 때 겪은 전투가 얼만데? 대충 보기만 해도 견적이 나온다.

[세라티 실력 키워 주는 것도 좋지만 슬슬 교대해야 하는 것 아니냐?]

바로스가 고개를 저었다.

[무립니다.]

그라고 일부러 세라티에게 듀랄드를 떠넘긴 건 아니었다.

[제가 덤비면 필패예요. 마즈눈 상대할 때 못 봤어요?]

[그럼 곤란한 거 아니냐? 너도 질 정도면 세라티는 전혀 승산 없잖아. 너보다 약한데.]

[대신 세라티 경은 신체 능력이 저만큼 떨어지진 않잖아요.]

현재의 바로스가 감당할 수 있는 격차는 딱 세라티 정도였다. 더 벌어지면 아예 기술 자체가 먹히질 않는다.

[그래서 제가 예전에 란돌프 상대로 몸 사린 것 아닙니까?]

당시엔 갓 회귀한 상태였다. 머릿속에 기술과 경험은 다 들어 있지만, 전혀 단련하지 않은 육체로는 그걸 펼쳐 내는 것 자체가 불가능했다.

악마 마즈눈 때도 마찬가지다.

그때야 단련깨나 했지만, 그래서 기술은 다 펼칠 수 있었지만, 그냥 피지컬에서 너무 압도적으로 밀려서 아무것도 못 했다.

[먹히지도 않는 완벽한 기술보다, 먹히기라도 하는 어설픈 기술 쪽이 오히려 승산이 높죠.]

[그러다 지면? 또 나보고 사령술 쓰라고?]

[안전한 수법이 있잖아요. 플랜 p 쓰시죠, 플랜 p.]

[아, 그게 있지. 참.]

그제야 카르나크는 안도한 표정을 지었다.

확실히, 바로스를 세라티에게 빙의시키는 정도라면 타르만 일행 몰래 구사할 수 있다.

물론 그 대가로 세라티의 정신 건강에 지대한 문제가 생기겠지만…….

[세 번쯤 하면 미치니까, 아직 한 번 정도 여유는 있네.]

참고로 이 '은밀한 마법 전언 체계'에 가입해 있는 건 카르나크와 바로스뿐만이 아니다.

정신없이 싸우던 세라티가 치를 떨었다.

[저기요! 다 들리거든요!]

자칫하면 미쳐 버리니까 경계하라 해 놓고, 이렇게 간단히 또 저지르겠다고?

카르나크가 그녀를 살살 달랬다.

[괜찮아. 한 번 정도 여유 있다니까.]

[그래서 정말 위급할 때를 위해 남겨 둔다면서요!]

[지금 위급해 보이잖니.]

세라티는 이를 갈았다. 정신이 번쩍 드는 기분이었다.

아까까진 그냥 타르만 일행의 안위만 걱정될 뿐이었는데 이젠 그녀 자신의 문제가 된 것이다.

'이겨야 해! 절대 지면 안 돼!'

세라티의 기세가 달라졌다.

두 번까진 괜찮다고? 그게 사실이란 보장이 어디 있나? 도저히 신뢰할 수 없는 놈이 한 소리인데!

'여기서 패하면 정신병자가 될지도 몰라!'

날카로운 칼날처럼 투기가 매서워지며 놀라운 각오가 전신에 맴돈다.

급변한 그녀의 공세에 듀랄드의 안색도 변했다.

'뭐, 뭐지? 보통 각오가 아닌데?'

세라티는 필사적으로 싸우고 또 싸웠다.

"타앗! 하압!"

아까까진 그냥 관용적 의미로 '필사적'이었지만 지금은 진짜로 목숨이 걸린 상황인 것이다.

미쳐 버린다고 목숨까지 잃는 건 아니지 않냐고?

'저 인간이 쓸모없어진 권속을 챙겨 줄 리가 없잖아!'

여태 봐 온 카르나크의 인성을 생각하면 바로 내다 버릴 가능성이 매우 크다!

"으아아아아!"

그 가공할 투지 앞에 듀랄드도 아까처럼 여유 있게 움직일 순 없었다.

'갑자기 왜 이렇게 바뀐 거냐!'

덕분에 몰리던 상황이 박빙의 승부로 변했다.

세라티도 듀랄드도, 한 치도 밀리지 않고 매섭게 투기검을 주고받았다.

콰콰콰쾅!

그럼에도 여전히 승산은 희박했다.

간신히 팽팽한 전투를 유지하곤 있지만 승패를 뒤엎을 정도는 아니었다. 이대로라면 결국 도로 밀리게 될 것이다.

'아으으…….'

투기검을 휘두르던 세라티의 안색이 창백해졌다.

'이대로 또 몸 빼앗기는 거야, 나?'

순간 그것도 나쁘지 않겠다 하는 생각이 든다.

사실 그때 그 감각을 다시 느끼고 싶다는 생각은 여러 번 했었다.

'아냐! 정신 차려, 세라티! 이런 생각 자체가 위험한 거라고!'

그때였다.

[플랜 p 필요 없겠는데.]

느긋한 카르나크의 목소리가 마법 전언을 통해 들렸다.

[저대로라면 이기겠네.]

바로스도 비슷한 반응이었다.

[그러게요. 열심히 굴린 보람이 있구만요.]

세라티는 당황했다.

'내가 이긴다고?'

왜 저들은 자신이 이길 거라 판단하는 걸까? 정작 본인은 전혀 답이 안 보이는 상황인데!

'굴린 보람이 있다는 건 또 무슨 소리야?'

그녀가 그렇게 혼란스러워하던 차였다.

무심코 세라티의 투기검이 듀랄드의 공세 사이로 파고들었다.

세라티 본인도, 자신이 대체 왜 그렇게 움직였는지 이해가 안 가는 동작이었는데…….

"헉!"

듀랄드가 기겁하며 물러섰다.

하필 그녀의 공세가 자세를 바꾸는 틈을 절묘하게 노린 것이다.

덕분에 팽팽하던 전투 흐름이 완전히 깨져 버렸다.

"어?"

당황하면서도 세라티는 바로 반격에 나섰다.

붉은 오러가 뱀처럼 파고들어 듀랄드의 사방을 노렸다.

한번 밀리고 나니 듀랄드의 움직임도 급격히 둔해졌다. 정신없이 그가 뒤로 물러서며 이를 갈았다.

"쳇, 제법 한 수가 있었나?"

'……무슨 한 수?'

머리는 혼란스러운데 육체는 착실히 다음 동작을 이행한다.

세라티의 연속 찌르기가 듀랄드의 좌측을 노렸다. 이번에도 투기검이 절묘하게 듀랄드의 방어를 파고들었다.

"……어?"

한발 늦게, 그녀는 자신이 무슨 짓을 했는지 깨달았다.

"아…….."

이거다.

투기도 각성 못 한 바로스가 오러 유저인 세라티를 가지고 놀 수 있었던 이유가.

아무리 강하고 빠른 공세를 펼칠 수 있다 해도, 그 공세의 시발점이 되는 자세를 취하는 동작까지 빨라지진 않는다.

그러니 노려야 할 건 날아드는 칼날이나, 그 칼을 휘두르는 듀랄드의 육체가 아니었다.

검을 휘두르는 듀랄드 본인의 '의도'였다.

'이거였구나…….'

깨달음을 얻은 세라티의 동작이 보다 유연해졌다.

물 흐르듯 깔끔하게 투기검이 원을 그리며 연신 듀랄드의 사방을 공략해 간다.

그 와중에도 계속 의문을 느끼고…….

"어?"

의문과 동시에 해답을 얻는다.

"아…….."

반면 듀랄드는 미칠 지경이었다.

'뭐야, 이건?'

만만하던 상대가 갑자기 어아어아 하더니 이상하게 강해진 것이다.

'대체 뭐냐? 주문이냐? 아니면 주술이야?'

왜 저 괴상한 소리와 함께 기괴한 반격이 들어오는 건데?

또 세라티의 투기검이 공세를 파고들어 온다.

"어?"

간신히 걷어 내려 하면, 도저히 막을 수도 피할 수도 없는 연격이 이어진다.

"아…….."

듀랄드의 전신에 피가 튀기 시작했다.

뱀파이어의 육체로도 감당하기 힘든, 투기로 인한 부상이었다.

'이럴 리가 없다!'

오만하던 그의 얼굴이 사정없이 구겨진다.

'이럴 리가 없어!'

타락한 기사의 표정 가득 절망이 피어오르기 시작했다.

'테스라낙께서 내게 새로운 힘을 주셨거늘!'

모든 투기를 폭발시키며 듀랄드가 머리 위로 검을 쳐들었다. 자신의 안위는 도외시한 채 필살의 일격을 날리려는 자세였다.

"크아아아!"

그 모습을 본 세라티가 인상을 썼다.

'와, 치사하게!'

'너 죽고 나 죽자! 그런데 난 뱀파이어라서 어차피 안 죽어!'란 의미가 다분한 동작이었다.

여기서 아까처럼 허점을 노리려다간 팔 하나는 가뿐히 날아갈 것이다.

그렇다면 도로 물러서야 할까? 그래서 기껏 잡은 승기를 포기해?

순간 그녀의 눈동자가 차분히 가라앉았다.

'굳이?'

그럴 필요는 없을 것 같았다.

'나, 지금 사악한 사령술사의 권속이잖아?'

권속이 된 덕분에 잘려 나간 두 팔을 다시 얻었다.

'그럼 팔 하나쯤 내줘도 되는 거 아냐? 어차피 저 인간이 도로 붙여 줄 텐데!'

차가운 미소와 함께 그녀가 앞으로 나섰다. 동시에 날카로운 투기검이 횡으로 베어 갔다.

양쪽 모두 자신의 안위는 도외시한, 정신 나간 참격의 격돌이었다.

파아아앗!

승패가 갈렸다.

듀랄드의 붉은 칼날이 세라티의 오른팔에 반쯤 박힌 채 피를 뿌리고…….

뚝, 뚝뚝뚝…….

동시에 그녀의 칼날이 상대의 목을 정확히 베어 버렸다.

서걱!

섬뜩한 음향과 함께 듀랄드의 머리통이 허공으로 솟구쳤다.

잘린 머리통이 허공으로 떠오른다. 그리고 이내 땅으로 떨어져 데굴데굴 구른다.

날카로운 송곳니 사이로 바람 빠진 신음이 흘러나왔다.

"끄, 끄어어어……."

주인 잃은 듀랄드의 몸통이 서서히 무릎을 꿇었다.

지켜보던 카르나크가 피식 웃었다.

[세라티도 은근 센스 좋은데? 권속인 상황을 잘 이용했잖아.]

[상대가 바보짓 한 덕분이기도 하지만요.]

듀랄드의 판단이 너무 어설펐다.

뱀파이어가 되었다면, 인간을 초월한 재생력이 생겼다면 좀 더 확실하게 움직였어야 했다.

목이 베이건 말건 무시하고 세라티의 팔을 완전히 잘랐어야 하는 것이다.

[그랬다면 오히려 목이 통째로 잘리지는 않았을걸요.]

반쯤 잘린 상태에서 멈췄을 테고, 그쯤은 뱀파이어의 재생력으로 이내 복구할 수 있다.

[아니면 인간일 때처럼 처음부터 팔을 포기하고 확실히 목을 지키거나.]

그랬다면 서로 별 상처 없이 물러섰을 터였다.

[인간처럼 굴든가 뱀파이어처럼 굴든가 확실하게 했어야죠, 쯔쯔.]

[뱀파이어 된 지 얼마 안 됐으니 그럴 수 있지, 뭘.]

듀랄드가 쓰러지니 다른 뱀파이어들의 운명도 길지 않았다.

광신도답게 발악을 하긴 했지만 결국 하나하나 대지에 피를 뿌린다.

"크억!"

"크아아악!"

마지막 한 놈의 목을 베자마자 앨리스가 쪼르르 세라티에게 달려갔다.

"부상부터 돌볼게요, 세라티 경!"

팔의 상처는 깊었지만 절단해야 할 정도까진 아니었다. 앨리스의 치유술이 펼쳐지자 이내 상처가 아물고 고통이 잦아들었다.

물론 완치되려면 시간이 더 필요하겠지만 운신에 지장이 생길 수준은 충분히 벗어났다.

팔을 움직여 본 뒤, 세라티가 감사를 표했다.

"고마워요, 앨리스 신관님."

"저희가 오히려 고맙죠, 우리끼리만 왔었더라면 오히려 당할 뻔했는데요."

진짜로 자신들 셋만 왔으면 황야의 고혼이 되었을 것이다.

설마 저렇게나 강력한 뱀파이어가 실존할 거라곤 상상도 못 했으니까.

타르만이 굳은 얼굴로 걸음을 옮겼다.

머리만 남은 듀랄드는 여전히 소리 없는 신음을 내뱉고 있었다.

'으어, 으어어…….'

폐가 없으니 제대로 소리를 내지도 못하고, 그럼에도 여전히 죽지도 못한다.

어둠의 힘이 목만 남은 그를 아직도 살려 두고 있는 것이다.

'아직이다! 난 아직 죽지 않았어!'

타르만이 마력을 끌어내며 손을 뻗었다.

사령왕
카믈나크

"그래, 죽지 않았지."

백색의 섬광이 듀랄드의 머리통을 직격했다.

"죽지만 않은 거지만."

강렬한 냉기가 잘린 머리를 통째로 얼려 버렸다.

"이걸로 백작의 죄악에 대한 증거를 확보했군."

염동 마법으로 머리통을 허공에 들어 올리며 타르만이 섬뜩한 미소를 지었다.

"본부에 연락해 주게, 앨리스 양. 브렐란트 백작가를 벌할 모든 준비가 끝났다고."

"예, 대장님."

　　　　　　　　　　✦

사투가 벌어지고 사흘이 지난 뒤, 갓 정오가 지난 브렐란트 백작성.

무장한 100여 명의 무리가 성을 포위하고 학살의 장을 펼치고 있었다.

"모조리 붙잡아라!"

"한 놈도 놓치지 마라!"

중무장한 병사들이 성안 곳곳을 누빈다. 그리고 덤벼드는 이들을 가차 없이 처단해 간다.

하인들이 죽어 갔다.

"크아아악!"

하녀들도 죽어 갔다.

"아아악!"

병사들의 손속에는 거리낌이 없었다.

덤벼드는 하인들과 하녀들은 결코 평범한 인간이 아니었으니까.

하나같이 송곳니를 드러낸 채 흉성이 가득한 붉은 눈동자를 번들거리며 인간 이상의 움직임을 보인다.

짙은 커튼으로 가려진 성의 어둠 아래 암약하며 연신 병사들에게 날카로운 손톱을 휘둘러 댄다.

"크캬캬캬!"

"캬아아악!"

그럼에도 쓰러지는 건 뱀파이어들 쪽이었다.

킹스 오더 같은 강자까진 아니지만 병사들 역시 전투에 잔뼈가 굵은 정예병이었다. 숫자도 월등히 많았으며, 무엇보다 지금은 대낮이다.

"여신의 이름으로!"

"사악한 존재를 벌하라!"

커튼을 열어젖히기만 해도 태양광이 뱀파이어들을 직격하는 것이다.

애초에 대낮에 전투를 벌인 시점에서 뱀파이어들의 힘은 지독하게 깎이는 법이다.

"아아악!"

병사들의 공세 앞에 백작성은 처참히 무너져 내렸다.

평소 브렐란트 가문이 자랑하던 기사들도 지금은 아무 쓸모가 없었다.

그들은 전원 성 밖에서 그저 상황을 지켜보고만 있었다.

"이럴 수가……."

"백작님께서……."

아무것도 모르는 이들, 어둠의 힘도 암흑교단과도 연관이 없던 기사들과 병사들에겐 현 상황이 믿기지 않을 뿐이었다.

하지만 믿지 않을 수도 없었다.

킹스 오더가 내세운 듀랄드 경의 '살아 있는 머리'는 브렐란트 백작이 사교도와 손을 잡았다는 확실한 증거였다.

아니, 무엇보다 당장 눈앞에서 뱀파이어들이 날뛰고 있지 않은가?

두 눈으로 확인한 것보다 더 확실한 증거는 없는 법이다.

"우리 성이 사교도의 소굴이었다니……."

수하들의 충성도, 암흑교단의 비호도 사라진 브렐란트 백작이 선택할 수 있는 길은 많지 않았다.

성주의 자리에 앉아 칼날을 매만지며 허무한 눈빛으로 허공을 응시하는 것 외엔.

"테스라낙이시여, 부디 굽어살피소서……."

자살한 백작의 시체가 발견된 것은 성이 완전히 장악된 후였다.

하지만 타르만은 만족하지 않았다.

아직 백작가의 모든 죄악을 붙잡은 것은 아니었다.

"백작 공자를 찾아라! 죄악의 씨앗은 단 한 톨도 남겨 둘 수 없다!"

성 외곽의 한 숲속을 사내 둘과 작은 소년이 달리고 있었다.

"서두르시오, 공자!"

"놈들이 언제 여기까지 쫓아올지 모르오!"

검은 신의 교단을 섬기는 사령술사, 테스라낙의 신관들이 소년을 닦달한다.

하지만 소년의 뜀박질은 점점 느려질 뿐이었다.

애초에 너무 약한 몸이었다. 뱀파이어가 되어도 간신히 평범한 또래의 체력으로 복구하는 것에 불과할 정도.

게다가 지금은 대낮인 것이다.

두꺼운 로브로 몸을 가리고 사령술로 태양 빛을 가리긴 했지만 역시 영향이 없을 수 없었다.

"헉, 헉헉……."

최대한 숲의 그림자를 통해 이동하는데도 점점 호흡이 가

빠 온다. 전신 역시 축축이 젖어 든다.

땀이 아니었다. 피부가 갈라지며 피가 배어 나오는 것이었다.

태양광으로 인해 불타는 듯한 고통 속에서 소년은 이를 악물었다.

'아버지…….'

용서할 수 없다.

절대 용서할 수 없다.

반드시 복수할 것이다.

위대한 테스라낙의 이름을 걸고, 반드시 이 원한을 갚고야 말 것이다!

소년의 각오는 이루어지지 못했다.

어느새 숲 저편에서 3개의 그림자가 나타난 탓이었다.

"아, 역시 여기로 오네요."

"진짜 신기하네요. 어떻게 카르나크 님은 이걸 전부 파악하는 거죠?"

"말했잖아. 난 그냥 보면 보인다고. 흔적이 고스란히 남아 있는데 추적하는 게 뭐가 힘들겠냐?"

타르만 일행을 따돌리고 따로 이들을 쫓아온 카르나크 일행이었다.

카르나크가 손가락을 까닥이며 음흉하게 웃었다.

"후후, 그럼 먹잇감을 사냥해 볼까? 부탁해, 세라티."

참으로 사악한 미소였다.

내심 혀를 차며 세라티가 몸을 날렸다.

"네, 네."

사령술사들이 허겁지겁 반격하려 했지만 역시나 소용없었다. 그 순간 카르나크가 손가락을 튀긴 것이다.

"누가 사령술 쓰게 내버려 둔대니?"

딱 소리와 함께 검은 그림자가 두 사람을 휘감아 모든 힘을 억제했다.

경악한 사령술사들이 소리쳤다.

"당신도 사령술사였나?"

"어찌 어둠의 힘을 쓰는 자가 테스라낙을 거역하려 하는가!"

"오, 그래도 얘들은 테스라낙에 대해 뭘 좀 아나? 다행이네."

어차피 종말의 어둠을 통해 정보를 빼낼 셈이니 굳이 살려 둘 이유는 전혀 없다.

세라티의 투기검이 두 줄기 섬광을 번뜩였다. 사령술사들의 목이 일시에 날아갔다.

"크어어어……."

"으어어……."

이제 남은 것은 벌벌 떠는 어린 소년뿐.

백작 공자를 바라보며 세라티가 처연한 표정을 지었다.

"이런 어린 소년까지⋯⋯."

이 아이가 뱀파이어라는 건 안다. 그릇된 어둠의 힘으로 생을 연장한, 결코 용서받지 못할 존재가 되었다는 것도 안다.

하지만 역시 아이를 죽이는 것엔 거부감이 들 수밖에 없었다.

"백작 공자, 당신에겐 죄가 없겠지만⋯⋯."

애써 각오를 굳히며 그녀가 검을 들어 올릴 때였다.

"안 죽이고 뭐 해요, 세라티 경?"

태연한 목소리와 함께 바로스가 소년의 목을 뎅겅 잘라 버렸다.

"아?"

너무 쉽게 죽여 버려 순간 현실감이 들지 않을 정도였다.

기가 막힌 세라티가 말을 더듬거렸다.

"아니, 그, 그렇게 쉽게⋯⋯."

"왜요? 얘한테 볼일 있었어요? 궁금한 거 있으면 도련님께 부탁해요. 강령술 써서 알아다 주실걸요?"

"그런 건 아니고요."

그녀는 한숨을 내쉬었다.

제법 친해졌다고 생각은 하지만, 그럼에도 이런 상황이 닥치면 저들이 어떤 인간들인지 뼈저리게 느끼게 된다.

"그냥, 제가 악당이 된 기분이라서요."

상식적인 반응을 앞에 둔 비정상 두 놈이 고개를 갸웃거렸다.

"엥? 그런가요?"

"우리 착한 일 하고 있는 거 아니었냐, 바로스?"

"저도 그런 줄 알았는데요."

세라티도 굳이 더 따지지는 않았다.

"아뇨, 잘하셨어요."

"그치? 놀라라. 또 사람답지 않게 군 줄 알았잖아."

안도하며 카르나크가 목 잘린 시체를 손가락으로 가리켰다.

"모조리 불타라."

화르륵!

시체 3구가 삽시간에 불길에 휩싸였다.

인간의 형상이 불타는 광경은 실로 끔찍한 법이다. 기겁해 세라티가 외쳤다.

"자, 잠깐! 시체는 왜 태우시는 거예요?"

카르나크가 차분하게 대꾸했다.

"내버려 두면 애들이 가진 종말의 어둠, 교단에 반납해야 하잖아. 흔적을 지워야지."

이번엔 바로스도 의아해했다.

"혹시 처음부터 이들 못 찾았다고 하고 종말의 어둠을 전부 챙길 생각이셨어요?"

"응."

"왜요?"

지금까진 카르나크도 종말의 어둠에 크게 욕심을 내지 않았다.

원하는 것은 어디까지나 그 속에 깃든 정보였지, 권능 자체는 미련을 가지지 않고 교단에 넘겨 버렸다.

어차피 사령력 키워 봐야 말로가 뻔하니까.

인간답게 살기 위해선 순수한 혼돈마력을 키우는 것이 최선이었으니까.

그런데 도로 예전처럼 사령력에 욕심을 부리기 시작한 것이다.

저 양반이 왜 저러나 싶어 바로스가 카르나크를 말렸다.

"도련님, 우리 사람답게 살자고 다짐했었잖아요?"

"나도 해골바가지로 돌아가고 싶은 생각까진 없는데……."

종말의 어둠을 모조리 뽑아내며 카르나크가 안색을 굳혔다.

"그렇다고 적당히 힘 키우면서 몸 사릴 수도 없게 됐거든. 상황이 심각하니까."

세라티가 눈을 깜빡였다.

"심각?"

물론 그녀도 현 상황이 심각하다는 건 인정한다.

종말의 어둠이 대륙을 더럽히고, 정체 모를 사교단이 권세를 키우고 있으며, 무엇보다 테스라낙이라는 알 수 없는 존재까지 나타났으니까.

하지만 이는 이미 아는 사실이고, 카르나크도 그에 맞춰 적당히 움직이겠다고 결정을 내린 후였다.

그런데 갑자기 태도가 바뀐 것이다.

"뭔가 다른 심각한 문제가 생긴 건가요?"

"응. 그 듀랄드란 놈 때문에."

고개를 끄덕이며 카르나크가 모든 어둠을 갈무리해 갔다.

"슈트라프란 놈도 문제고."

바로스와 세라티의 표정이 더더욱 의문으로 짙어졌다.

"슈트라프야 그렇다 치고……."

"듀랄드요?"

"그놈, 그렇게까지 세진 않았잖아요, 도련님?"

"고생을 좀 하긴 했지만 제가 처리할 수 있는 수준이었는데요."

카르나크가 한숨을 내쉬었다.

"그놈들 자체는 별문제가 아니지."

"그럼요?"

그는 몸을 돌렸다. 이곳의 일을 처리했으니 도로 타르만 일행과 합류해야 했다.

걸음을 옮기며 카르나크는 나직이 중얼거렸다.

"그놈들이 나타나게 된 경위가 진짜 문제야……."

슬기로운 사교도 사냥

브렐란트 백작가 건을 처리한 카르나크 일행은 정식으로 킹스 오더에 합류했다.

원래대로라면 두 건 정도 더 견습 기간을 거쳐야 하지만 타르만의 평가가 워낙 좋았기에 에란텔 단장도 이들을 바로 인정한 것이었다.

이후 그들은 4대대에 소속되어 여러 사건들을 처리했고 계속 성과를 냈다.

그렇게 3개월째.

이제 카르나크 일행은 독자적으로 사교도 소탕 임무를 맡을 정도로 신임을 받고 있었다.

유스틸 왕국 서부에 위치한, 대륙 북쪽을 남북으로 가르는 렐제베트 산맥.

라케아니아 제국과 인접한 이 험준한 산맥 깊은 곳에 수백의 무리가 모여 있었다.

대부분 평범한 농민들, 그것도 아이나 아녀자, 노인이 절반 이상이었다.

약한 이들이 모여 모닥불을 피우고 신실한 기도를 올린다.

"우리를 보살피소서……."

"당신의 어린양들을 굽어살피소서……."

압제로부터 도망쳐 이 황량한 산속까지 숨어들어 와 가냘픈 희망을 붙잡고 기도를 올리는 그 모습들은 실로 신실해 보였다.

너무 신실해서 문제였지만.

신앙심으로 가득 찬 한 노인이 두 손을 들었다.

"제물을 받아 주소서!"

그리고 어린 아기를 든 채 모닥불로 다가간다.

"당신에게 바치는 피의 제물을!"

이들 모두가 검은 신의 교단을 따르는 사교도였던 것이다.

광기에 찬 사람들이 목청을 높인다.

"이는 테스라낙께서 우리에게 내리는 고난일지니……."

"시험을 통과한 자만이 낙원의 문을 두드릴 것이다!"

아이의 울음소리가 더욱 커진다. 광신도들의 기도도 더욱 커진다.

마침내 노인이 모닥불 앞에 섰다.

노인의 손에 들린 어린 아기가 막 불 속으로 던져지려던 찰나…….

"미친놈들!"

날카로운 외침과 함께 요새 밖에서 한 줄기 붉은 섬광이 날아들었다.

섬광이 모닥불을 일격에 박살 내며 사방으로 불티를 튀겼다.

콰아앙!

폭발과 동시에 요새 벽을 타고 한 여인이 날아든다.

휘날리는 붉은 머리칼 아래, 찬란하게 빛나는 붉은 투기검이 모습을 드러낸다.

광신도들이 놀라 사방으로 흩어지기 시작했다.

"킹스 오더!"

"맙소사! 왕국의 불신자들이다!"

제물을 바쳐야 할 모닥불이 사라졌다. 어찌할 바를 몰라 노인이 아기를 든 채 허둥지둥했다.

"이, 이런…… 이러면 의식이…….

그 틈을 타 여인이 노인에게 접근해 갔다.

이내 노인을 걷어찬 뒤 곧바로 허공에서 아기를 낚아챈다.

너무나도 우아하게, 아기에게 그 어떤 충격도 없이 가뿐히 받아 든 뒤 그녀가 안도의 한숨을 쉬었다.

"그래그래, 착하지. 이제 괜찮아요."

아기를 달래는 여인을 보며 노인이 눈물을 흘리기 시작했다.

"사악한 여신의 개들 같으니!"

기가 막혀 여인이 헛웃음을 흘렸다.

"사악? 아기를 불 속에 집어 던지려던 놈들이 누구보고 사악하다는 거야?"

노인의 태도는 바뀌지 않았다. 신성한 의식을 방해한 여인이 천고의 죄인임을 믿어 의심치 않는 모습이었다.

"과연 거짓에 현혹된 어리석은 불신자로다! 눈에 보이는 것만이 진실이라 믿는가?"

"현혹이고 나발이고, 그럼 애를 불에 던지는 게 나쁜 짓이 아니라는 거야? 뭔 말도 안 되는 소릴 하고 있어?"

아기를 안은 여인의 등 뒤, 요새 장벽 너머로 뿔피리 소리가 들려온다.

부우우우웅!

뒤이어 장벽 곳곳이 무너지며 병사들이 들이닥치기 시작했다.

왕국의 심판관, 킹스 오더가 이끄는 정예병들이었다.

"왕국의 첨병들아, 인류을 저버린 자들을 벌하라!"

〉━━━◆◆◆◆◆━━━〈

사방에서 비명이 메아리친다. 병사들에 의해 죽어 가는 사교도들의 비명이다.

"아아아악!"

"어머니……."

"테스라낙이시여……."

대부분 순박한 농민이었던 이들이다. 전투 따윈 겪어 보지도 못한 이들이니 정예 병사들의 상대가 될 리 없는 것이다.

실로 잔혹한 학살극이었다.

그러나 병사들의 표정엔 그리 동요가 없었다.

"정말이지 사교도 놈들이란……."

"제대로 미친 놈들이구나."

이들 모두, 요새 밖에서 이미 본 바가 있는 것이다.

순박하다는 이 농민들이, 검은 신에게 제물을 바친다며 나무 기둥에 엮어 놓은 무수한 시체 더미를.

순박하다는 것이 선량하다는 의미는 되지 못한다.

아니, 오히려 순박하기에 더더욱 쉽게 악에 빠질 수도 있다.

"살려 두어선 안 될 악종들!"

분노에 찬 병사들의 검은 거리낌이 없었다.

사교도 대부분이 맥없이 쓸려 나갔다. 죽어 가며 그들은 자신이 믿고 따르던 신, 그리고 신관들을 부르짖었다.

"테스라낙이시여!"

"팔레스틸 님!"

"어디 계십니까, 다리온 님!"

저들이 그토록 부르짖은 검은 신의 신관들, 어둠의 사령술사들은 교인들을 지켜 주지 못했다.

그들은 또 다른 상대에게 이미 가로막혀 있었으니까.

요새 안쪽 깊숙한 곳에 위치한 2층 목조건물.

건물 내부에서 사령술사 2명이 3명의 남녀와 대치 중이었다.

흑발의 젊은 마법사와 투박한 금발의 기사, 그리고 아직 어려 보이는 성직자 여인.

개중 젊은 마법사를 바라보며 사령술사들은 치를 떨었다.

"크으……."

"킹스 오더가 어떻게 여기를 찾아낸 거지……."

분명히 은밀하게 움직였음에도 저들은 너무도 쉽게 자신들의 흔적을 찾아냈다.

그리고 너무도 쉽게 추적해, 너무도 쉽게 이 비처까지 들이닥쳤다.

이해가 가질 않는다.

'도대체 어떻게?'

'무슨 수로?'

이 의문은 사령술사들만 느끼고 있는 것이 아니었다.

킹스 오더로서 이번 임무에 참가한 2급 심문관, 태양의 여신 라티엘의 성직자인 밀리아 역시 마찬가지였다.

"도대체 어떻게 이렇게 쉽게 찾아낸 건가요, 카르나크 공?"

그녀가 본 카르나크의 행보는 도저히 납득이 가지 않는 것이었다.

정보를 수집하는 것도 아니고 추적대를 푸는 것도 아니다.

그냥 산맥 도착하더니 산세 한번 슥 훑어본 게 전부였다.

―저기구만. 가자.

어이없어하면서도 일단 시키는 대로 움직였는데, 막상 와보니 정말로 사교도의 은신처가 있더라?

카르나크가 밀리아를 돌아보며 달래듯 말했다.

"지금 느긋하게 수다나 떨고 있을 상황은 아니잖습니까? 나중에 알려 드리지요."

전적으로 옳은 말이었다.

납득하며 밀리아는 다시 눈앞의 사령술사에게 집중했다.

"그러네요. 지금은 저들을 벌하는 것이 우선이니."

물론 바로스는 진실을 안다.

[뭐라고 변명하실 건데요, 도련님?]

[일단 쟤들부터 처리하고 나중에 고민해야지. 매번 핑계 만들려니 이것도 피곤하네.]

그때 적발의 여인이 건물 안쪽으로 들어왔다. 구출한 아기를 다른 병사에게 맡긴 뒤 뒤늦게 합류한 세라티였다.

"바깥은 어때, 세라티?"

"저항이 제법 거세긴 하지만 큰 피해는 없을 거예요."

그녀가 밀리아를 돌아보며 정중히 부탁했다.

"그래도 부상자가 나올 수도 있으니 밀리아 신관님은 병사들을 돌봐 주세요."

"네? 하지만 사령술사를 상대하려면 신관인 제가 있어야……."

당황한 밀리아를 향해 카르나크가 부드럽게 말을 더했다.

"병사들의 목숨도 누구 못지않게 소중합니다. 우리만으로도 저들을 상대할 수 있으니, 귀한 생명을 우선적으로 살려야 하지 않겠습니까?"

밀리아는 감동했다.

'자신의 안위보다 병사들의 목숨을 더 중하게 여기다니!'

실로 본받을 만한 귀족의 모습이었다.

여기서 계속 거절하는 것은 오히려 카르나크에 대한 무례가 되리라.

"알겠습니다. 그럼 라티엘의 축복을."

밀리아의 전신에서 빛이 흘러나와 카르나크와 바로스, 세라티를 감쌌다. 어둠의 힘에 대항하기 위한 여신의 축복이었다.

"그럼 부탁드립니다!"

병사들을 보조하기 위해 밀리아가 건물 밖으로 뛰쳐나갔다.

그러자 남은 이들의 태도가 확 바뀌었다.

"아, 갔다."

"이제 이거 걷어 줘요, 도련님."

"알았어."

순간 사령술사들은 경악했다.

젊은 마법사의 전신에서 어둠의 힘이 피어오르더니, 밀리아가 건 여신의 축복을 말끔히 지우는 것이 아닌가?

"헉!"

"킹스 오더가 어둠의 힘을?"

축복 도로 지운 카르나크가 너스레를 떨었다.

"아, 이것 참 귀찮네. 하지 말라고 할 수도 없고."

세라티는 영 찜찜한 얼굴이었다.

"그녀 나름대론 열심히 걸어 주고 간 건데, 무슨 때 낀 것처럼 대하는 것도 좀 그렇지 않나요?"

혼란에 빠진 사령술사들이 어둠의 힘을 끌어냈다.

"어찌 된 영문인지 모르겠지만……."

"우리는 테스라낙께서 선택하신 몸!"

놈들 주위로 검푸른 유령의 형체가 나타난다. 피투성이가 된 기사와 병사의 영혼이 귀곡성을 터트린다.

캬아아아악!

대지의 사념에 묶인 전장의 지박령을 불러내는 사령술, 황야의 고혼이었다.

여태 만난 어설픈 놈들과 달리 이들은 제대로 어둠의 지혜를 터득한 사령술사인 것이다.

"진정한 어둠의 힘을 맛보여 주마!"

여전히 세라티는 긴장하지 않았다. 결과가 어찌 될지 뻔히 아니까.

과연 카르나크의 입가에 맺힌 미소가 짙어졌다.

"오, 제대로 사령술을 펼쳤네? 솜씨가 나쁘지 않군."

덕분에 편해졌다.

"아무것도 모르고 힘만 쓰는 무식한 놈들보다……."

검지를 세워 허공에 가볍게 빙글 돌린다.

"오히려 제대로 아는 쪽이 역이용하긴 훨씬 쉽지."

어둠의 기류가 역류하며 소환된 유령들이 역으로 사령술

사들을 공격하기 시작했다.

"헉! 이게 무슨?"

"아니, 왜 내 명령을 듣지 않는…….."

이내 요란한 비명이 건물을 가득 메웠다.

"으, 으아아악!"

＊

널브러진 사령술사들의 시체를 향해 카르나크가 오른손을 뻗었다.

스르르륵…….

검은 기운이 흘러나와 손바닥을 통해 스며들었다.

"자, 그럼 종말의 어둠은 내가 몽땅 챙기고."

어둠을 거둔 오른손 대신 왼손을 내민다. 왼손에서 또 다른 어둠이 흘러나와 시체로 스며든다.

"대신 더미를 넣어 줘야지. 우리 밀리아 양도 교단에 제출할 건 있어야 하니."

사방의 사기를 긁어모아 응축시킨 카르나크의 '어둠'이었다.

이 역시 속성 자체는 종말의 어둠과 다를 바가 없다.

"퀄리티는 천지 차이지만."

지금의 카르나크도 종말의 어둠을 만들 순 있다.

애초에 본인이 사기와 탁기를 긁어모아 사령력으로 변환하면 그게 바로 종말의 어둠이니까.

하지만 이걸 실제로 유용한 권능으로 정제하는 데는 상당한 시간이 걸리는 것이다.

반면 지금 시체에 뿌린 탁기는?

그냥 닥치는 대로 쓸어 담아 꾹꾹 응축시켰을 뿐이다.

똑같은 탁기지만 정제되어 있지 않으니 사령력으로는 쓸모가 없다.

"하지만 성직자가 보기엔 똑같지."

입에 넣고 씹어 보기 전엔 절대 구별 못 할 가짜 음식에 비유할 수 있으리라.

"그런데 제정신 박힌 성직자가 이걸 입에 넣고 씹어 볼 리가 없잖아?"

아무거나 처먹는 정신 나간 놈이 아니라면 이 차이를 구별할 수 없는 것이다.

그리고 세상은 그런 놈을 사령술사라고 부른다.

카르나크는 안심하고 어둠의 본질을 빨아들였다. 그리고 양손을 벌리며 마력 운용에 들어갔다.

"자, 그럼 사령력은 사령력대로 분리하고……."

그의 왼손이 짙은 어둠에 휩싸였다.

"혼돈마력은 혼돈마력대로 분리한 뒤……."

오른손이 찬란한 빛에 휩싸였다.

"이걸 잘 버무려서 갈무리하면!"

빛과 어둠이 동시에 사라졌다. 동시에 그의 전신에서 은은한 마력이 피어올랐다.

전혀 사기나 탁기가 느껴지지 않는, 순수한 마력의 기운이었다.

카르나크가 만족한 표정을 지었다.

"좋아, 6서클 됐다."

마력을 점검하며 카르나크는 빙그레 웃었다.

"나쁘지 않군."

얼마 전까지만 해도 4서클 수준의 마력만을 지니고 있던 그였다. 그걸 이 짧은 시간에 6서클 수준까지 끌어올렸다.

방식을 바꾼 덕분이었다.

최대한 안전하게, 순수한 사령력만을 100퍼센트 정제해 혼돈마력으로 만들던 것에서 순도를 낮추는 대신 마력 증폭률을 대폭 높인 것이다.

그리고 남은 탁기와 사기는 혼돈마력을 따로 운용해 쓴 약에 당질을 코팅하듯 뒤덮어 감췄다.

이렇게 해도 외부에서 볼 땐 여전히 평범한 마력일 뿐이니 정체가 들킬 염려는 없으리라.

그럼에도 바로스는 여전히 걱정인 모양이었다.

"아우, 정말 이렇게 위험한 짓을 하셔도 되는 겁니까?"

이제껏 카르나크가 굳이 저 방식을 취하지 않은 이유가 있다.

"혼돈마법으로 소화할 수 있는 수준을 넘지 않으셨어요?"

갓 회귀했을 때의 카르나크는 되도록 사기와 탁기를 멀리하며 모든 사령력을 혼돈마력으로 바꾸는 데만 전념했다.

일반인에 비유하면, 몸에 좋은 음식만 골라 소식하면서 건강을 챙기는 행위라 하겠다.

그러다 상황이 어째 좀 이상하게 돌아가 사령력 비축률을 살짝 높였다.

이는 과식을 해서라도 체중을 늘려 일단 체급부터 높이는 행위와 비슷하다. 근육은 사실 어느 정도 몸에 지방이 있는 쪽이 상승률이 크니까.

이렇게 하면 살은 좀 찌겠지만 근력은 더욱 높아진다.

그런데 지금 하는 짓은, 아예 소화시키기 힘들 정도로 폭식을 하며 무작정 살부터 찌우는 행위에 가까웠다.

당장은 괜찮을지 모르지만 어느 시점을 넘어 버리면 돌이키기 힘든 고도비만이 된다.

이 '사령력에 의한 고도비만 상태'가 바로 '언데드화'인 것이다.

아예 돌이킬 수 없는 상태까지 가 버리면 완전히 언데드되는 거고.

물론 한계에 도달하기 전에 멈추면 되는 일이었다. 카르나크도 거기까지 갈 생각은 없다고 했다.

하지만…….

"전생 때도 그렇게 말씀하시곤 결국 해골바가지가 되셨잖아요!"

"그래서 내가 말했잖아?"

카르나크가 인상을 썼다.

"적당히 몸 사릴 상황이 아니라고, 이제."

슈트라프 주교를 상대했던 트리스트 시티 전투.

그때만 해도 카르나크는 상황에 대해 큰 경각심을 지니진 않았다. 예상외의 강적이 나올 수도 있으니 혹시 모를 대비는 해 두자 정도였다.

하지만 듀랄드까지 만나고 나니 이게 보통 문제가 아니란 걸 깨달은 것이다.

브렐란트 백작가 사건을 해결한 뒤 수도로 귀환하며, 카르나크는 바로스와 세라티에게 그 문제에 대해 설명해 주었다.

"슈트라프와 듀랄드, 둘 모두 공통점이 있다는 건 알지?"

성직자였던 슈트라프는 사령술사가 되었음에도 여신의 신성력을 유지하고 있었다.

오러 유저였던 듀랄드 역시 뱀파이어가 되었음에도 생명

기라는 투기를 발할 수 있었다.

"아, 물론 알긴 합니다만……."

바로스가 고개를 갸웃거렸다.

"그게 그렇게까지 큰 문제입니까?"

사령술사가 된 슈트라프는 신성술을 거의 쓰지 않았다. 손에 넣은 사령술이 워낙 강력했으니까.

신성력이 남아 있긴 했지만 별 영향은 주지 못한 것이다.

세라티도 애매하다는 표정이었다.

"듀랄드 경 역시 대단하긴 했지만, 심각하다고 할 정돈 아니지 않나요?"

뱀파이어가 되어서도 오러 유저의 능력을 잃지 않았으니 확실히 강해지긴 했다. 하지만 그래 봤자 결국 세라티에게 패하지 않았나?

어둠의 힘을 손에 넣었다고 무슨 무소불위의 강자가 되진 않는 것이다.

"간신히 이긴 제가 할 소린 아닌 것 같지만…… 카르나크 님이 그렇게까지 심각해할 이유는 없지 싶은데요?"

종말의 어둠이며 정체불명의 파괴신 등, 이미 충분히 심각한 사건들이 온 세상에 펼쳐진 상태였다. 저들과 비교하면 아무래도 중요도가 크게 낮은 느낌이다.

카르나크도 고개를 끄덕였다.

"그래, 듀랄드 자체는 전혀 문제가 되지 않지. 슈트라프

주교 역시 마찬가지였고."

순간 그의 안색이 딱딱하게 굳었다.

"놈들이 신성력을, 투기를 잃지 않았다는 사실 그 자체가 진짜 심각한 거다."

세계의 기운은 서로 섞이지 않는다.

투기, 마력, 신성력, 사령력은 하나를 터득하면 다른 분야는 포기해야 한다.

이것이 이제까지의 상식이자 진리.

"그런데 그 상식이 깨졌어. 종말의 어둠을 이용하면 마법사도 사령술을 배울 수 있고, 오러 유저도 어둠의 일원이 될 수 있다."

바로스가 고개를 갸웃거렸다.

"원래도 가능했잖아요, 그거?"

사령술을 익힌 마법사가 바로 아크 리치고, 어둠의 일원이 된 오러 유저가 바로 데스 나이트다.

"도련님도 얼마든지 했던 짓인데 왜 그리 신경 쓰시는 겁니까?"

"아직도 이해 못 했구만."

한숨을 쉬며 카르나크가 갑자기 질문을 던졌다.

"생각해 본 적 있어? 왜 세상에 사령술사의 숫자가 그리 적은지."

굳이 생각까지 해야 하냐는 투로 세라티가 되물었다.

"온갖 사악한 짓은 다 저질러야 하고 세상으로부터 배척받게 되는데 숫자가 많은 게 더 이상한 거 아닌가요?"

"그래, 그렇지. 그런데 말이야……."

문득 카르나크의 입가에 차가운 미소가 떠올랐다.

"사악한 짓이라서, 세상으로부터 배척받는다는 이유만으로 불로불사와 강대한 힘을 포기할 만큼 인간이라는 종자가 선하던가?"

사령술을 익히면 쉽게 힘을 얻을 수 있다. 남들보다 월등히 빠르게 강해질 수도 있다.

경지에 오르면 불로불사도 꿈꿀 수 있고, 온갖 신체적 장애도 극복할 수 있다.

여신의 율법하에서는 불가능한 일조차 가능해지는 어둠의 권능이 바로 사령술이다.

그저 도덕과 윤리를 포기하고 인간의 도리를 저버리기만 하면 저 힘을 손에 넣을 수 있는 것이다.

"그럼에도 사령술을 익히려는 이들은 극소수지."

이게 과연, 사령술까지 익히려 할 정도로 사악한 인간이 극소수이기 때문일까?

늙어 죽음을 눈앞에 둔 마법사가, 신체 일부를 잃어 더 이상 검을 쥘 수 없게 된 무인이, 여신의 은총으로도 치유할 수 없는 병에 걸린 성직자가 사령술에 손대지 않는 이유가 그저 그들의 영혼이 올곧고 아름다워서일 뿐일까?

"그보다는 현실적인 이유가 있어."

세계의 기운은 서로 섞이지 않는다.

이 대전제가 바로 사령술사의 숫자가 늘어나지 않는 가장 큰 억제력이었다.

"궁극의 경지에 든 대마법사가 있다 치자. 그리고 그가 늙고 나서 죽음이 두려워졌다 쳐."

사령술을 이용하면 죽음을 유예시킬 수 있다. 뱀파이어가 된다거나, 아니면 다른 사령술을 익혀 사령술사가 되어 젊음을 되돌려받을 수도 있겠지.

하지만 그 순간, 그는 더 이상 대마법사가 아니게 된다.

"평생 쌓아 온 모든 마력을 잃을 테니까."

삼류 바운티 헌터 수준의 초짜 뱀파이어가 되거나, 일개 성직자에게도 벌벌 떠는 빈약한 사령술사가 될 뿐이다.

"오러 유저도 마찬가지지."

세상을 오시할 4대 무왕이라 할지라도 오러를 포기하고 사령력을 손에 넣는 순간, 칼 좀 잘 쓰는 일개 사령술사로 굴러떨어진다.

그래서 대마법사가 힘을 잃지 않고 불로불사를 손에 넣으려면 아크 리치가 되는 수밖에 없다.

살아 있는 육체를 버리고 피 대신 어둠이 흐르는 존재가 되어서야, 겨우 기존의 경지를 유지할 수 있는 것이다.

"심지어 오러 유저의 경우엔 자신을 유지할 수도 없고."

카르나크에 의해 데스 나이트가 된 전생의 무왕들이 그렇다.

그들은 분명 데스 나이트가 되고도 오러를 암흑투기로 바꿔 기존의 능력을 유지했지만, 그 대가로 자아를 잃고 사령왕을 섬기는 인형이 되었다.

이게 대체 죽음과 무슨 차이가 있을까?

"진정한 강자에게 사령술은 그다지 매력적인 선택지가 아닌 거야. 자신이 쌓아 온 모든 것을 버리고 바닥부터 다시 시작해야 하니까."

심지어 그 바닥이란 게, 단순히 젊고 약한 상태가 아니라 세상 모두로부터 배척당하는 저주받은 삶이다.

자신이 원래 지녔던 힘을 되찾을 수도 없다. 오로지 사령술사로서만 살아가야 한다. 평생 쌓아 온 경험도 쓸모없어진다는 의미다.

"비유하자면, 노인에게 젊음을 되돌려주는 대신 평생 쌓은 재산과 인맥을 빼앗고 슬럼가 같은 곳에 떨구겠다는 소리랑 같은 거랄까?"

그래서 사령술은 대대로 약자의 무기였다.

수단과 방법을 가리지 않고, 인륜과 도리마저 저버리고서라도 원하는 것을 쟁취하고자 하는, 어차피 더 잃을 게 없는 자들이나 금기 중의 금기라는 사령술에 손을 댔다.

"반면 기득권층은 어둠의 힘을 그리 욕심내지 않았지. 이미 힘을 가진 자들에겐 별 쓸모도 없으면서 세상을 어지럽히기만 하는 것일 뿐이니까."

그런데, 기존의 힘을 그대로 유지한 채 사령술을 쓸 수 있는 방법이 생긴다면?

그저 자신의 양심과 도덕, 윤리를 포기하는 것만으로 더욱 강해지고, 심지어 불로불사조차 이룰 가능성이 있다면?

"맙소사……."

바로스의 안색이 창백해졌다.

그제야 카르나크가 말한 의미를 진정으로 깨달은 탓이었다.

"이 시대의 강자들이 적이 될 수도 있다는 소리군요."

여태 카르나크는 이 시대의 강자들을 딱히 적으로 여기지 않았다. 오히려 든든한 아군이라고만 생각했다.

도로 사령술사가 될 생각이 전혀 없었으니까.

경계했던 잠재적인 적은 종말의 어둠 관련자들뿐이었는데, 상대가 사령술을 쓰는 이상 카르나크에겐 그다지 위협이 되지 않는 것이다.

"하지만 사령술과 기존의 기운이 섞인다면 이 모든 전제가 무너져 버리지."

슈트라프의 사례도 있듯, 다른 기운과 사령력이 결합될 경우 카르나크의 지식에서 벗어난 기이한 현상을 일으킨다.

성직자나 마법사, 오러 유저가 힘을 잃지 않은 채 사령술까지 터득한다면 예전의 경험만으로 간단히 농락할 수 없다.

"어떤 기존의 강자가 사령술사로 탈바꿈해서 튀어나올지 모르는 상황이 되어 버린 거야. 아, 물론 설마하니 3인의 대마법사나 4대 무왕까지 사령술에 손을 댈 리야 없겠지만……."

"그래도 어지간한 강자들 중에는 사령술에 매혹되는 이들이 상당히 많아지겠죠. 도련님이 왜 걱정하시는지 알겠네요."

바로스뿐 아니라 세라티도 이해한 표정이었다.

"어째서 검은 신의 교단이 다른 사교단과 달리 무섭게 세력을 불릴 수 있었는지도 납득이 가고요."

카르나크의 눈이 매섭게 빛났다.

"이제까지는 그냥 수준급의 마법사가 되면 족하다고 생각했어. 하지만 이러면 이야기가 달라지지."

가능한 한 힘을 키워야 한다. 최악의 상황에서도 제 한 몸 건사할 수 있는 수준까진 강해질 필요가 있다.

눈치를 보며 세라티가 물었다.

"그 제 한 몸 건사하는 기준이 어디인가요?"

이 카르나크란 인간의 기준이 워낙 괴상하다 보니 걱정이 안 될 수 없는 것이다.

"……설마 과거의 사령왕으로 돌아가시겠다는 건 아니죠?"

물론 그 역시 살아 있는 육체를 포기할 생각은 절대 없었다.

"인간임을 유지하는 선에서 최대한 마력을 높일 생각이
다."

"그게 어느 정도인데요?"

"나도 모르지."

카르나크가 어깨를 으쓱거렸다.

"한 번도 안 걸어 본 길이잖아. 지금의 내가 어찌 알겠어?"

＊

카르나크가 6서클의 경지에 올랐다는 소식은 킹스 오더
전체를 뒤흔들었다.

"벌써?"

"분명 몇 개월 전까지만 해도 4서클 끝자락이라 하지 않았
나?"

너무도 단기간에 경지가 확 올라 버린 것이다.

이해하기 힘들 정도로 엄청난 성장세였다.

그래서 카르나크도 열심히 변명을 준비해 놓았다.

제가 원래 가문에서 마법서 하나만 가지고 독학하던 신세
였거든요. 그러다가 수도로 와서 킹스 오더가 된 후 수많은
마법 지식과 지혜를 접하고 나니 어머나, 세상에? 마법의 경
지가 급격하게 오르지 뭡니까!

실제로 왕국 수도엔 마법 길드 도서관이 있고 킹스 오더의 권한 덕분에 카르나크의 열람권 역시 높은 편이다.

변명을 위해서 일부러 시간 날 때마다 도서관에 죽치고 있었다. 혹여나 생길 의심을 막기 위해서였다.

'사령술이 연관되었다고 의심하는 놈이 전혀 없으리란 법은 없으니까 말이지.'

그런데, 막상 뚜껑을 열고 보니 예상이 완전히 빗나갔다.

의심하는 놈이 전혀 없었다. 아무도 그를 사령술과 연관시키지 않았다.

왜냐고?

전례가 없으니까.

세계의 기운은 섞이지 않는다. 당연히 마법사가 사령술을 이용해 마력을 높이는 일도 존재할 수 없다. 마법의 힘을 버리고 더욱 강력한 사령술사가 되면 됐지.

물론 지금은 저런 일이 생기고 있지만, 어디까지나 최근의 사태일 뿐이다. 기존의 인식으론 카르나크의 발전과 사령술을 연관시킬 이유가 없는 것이다.

그래서 다들 전례에 따라 판단했다.

"하늘이 내린 천재로구나!"

"시골에 틀어박혀 있던 탓에 여태 제대로 배우지 못했던 것뿐인가?"

"드디어 우리 왕국에도 대마법사가 나올지도 모르겠군!"

"참으로 유스틸의 홍복이로다!"

천부적인 재능을 타고난 이들 중엔 젊은 시절 저 정도 진도를 보이는 경우가 아주 없진 않은 것이다.

보통 저런 천재들이 나중에 대마법사가 되거나, 혹은 젊은 천재는 나이 든 범재일 뿐이란 소릴 들으며 그냥 제자리에 머무르곤 한다.

"뭐야? 괜히 걱정했잖아?"

아무 문제 없이 카르나크는 고위 마법사로 인정을 받았다.

게다가 예상 밖의 출세도 했다.

카르나크를 높이 평가한 에란텔과 기존의 대장들이 그의 지위를 높여 주었다. 이제 카르나크는 킹스 오더 7대대의 대장으로, 새로운 대대를 맡게 되었다.

"출세하셨네요, 도련님."

"이제 와서 내가 이런 걸로 기뻐할 이유야 없다만⋯⋯."

카르나크는 히죽 웃었다.

다른 이유로 기쁘긴 했다.

"사교도들 상대하기 훨씬 편해진 건 좋구만."

7대대를 맡은 후에도 카르나크의 주가는 계속 올라갔다.

다른 킹스 오더들에 비해 실적이 월등히 뛰어난 덕이었다.

다른 대대는 사건 하나 맡으면 시간이 한참 걸린다.

물론 브렐란트 백작가처럼 운 좋게 빨리 끝나는 경우도 있지만, 이들의 임무상 저건 악운에 가깝기 때문에 좋아할 일만도 아니다. 상대가 먼저 습격해 왔는데 운 좋게 반격에 성공한 경우니까.

그런데 카르나크는 너무도 빠르게 사교도들을 척척 잡아내는 것이다.

게다가 정보도 척척 잘만 뽑아낸다. 그리고 그 정보를 바탕으로 소탕도 간단히 해낸다.

그래서 초반엔 그가 사교도의 스파이가 아니냐는 의심을 하는 이도 있었다.

하지만 보고서를 읽고 나선 그런 의문도 접었다.

보고를 받아 보면 이게 또 착실하게 추측과 심문을 통해 이루어진 일이었다.

그저 남들보다 추리를 잘하고, 또 고문을 통해 정보를 끌어낸 뒤 진위를 가리는 능력이 뛰어날 뿐이다.

당연히 바로스는 코웃음을 쳤지만.

"그야, 해답을 먼저 알고 상황을 맞추는 것뿐이니 추리 능력 출중한 걸로 보이겠죠."

세라티도 어이없다는 반응이었다.

"심문 같은 거 한 적 없잖아요."

그냥 죽이고, 강령술로 영혼 불러다 강제로 정보 불게 만든 게 전부다.

카르나크는 당당했다.

"모로 가도 목적지만 잘 도착하면 됐지, 뭘."

어쨌건 사교도 사냥은 착실히 진행되고 있었다.

카르나크가 대장이 된 후에도 다섯 건의 사교도 혐의를 더 맡아 훌륭히 처리해 냈다.

모든 일이 순탄히 풀리고 있다고 봐도 과언이 아니었다.

하지만 정작 카르나크는 불만을 느끼고 있었다.

"이거, 영 성과가 없는데?"

⚜

유스틸 왕국 동남부에 위치한 국경 요새 아스라.

요새 중앙에 위치한 탑의 지하에서 비명이 울려 퍼진다.

"으아아아악!"

지하실 입구에서 서성이던 라티엘의 성직자, 밀리아는 몸서리를 쳤다.

'끔찍해……'

머리로는 알고 있다.

왕국의 신민들을 지키기 위해선 사교도를 심문해 정보를 끌어내야 한다는 것을. 그리고 그 과정에서 고문은 어쩔 수 없이 필요하다는 것을.

놈들이 저지른 죄악을 생각하면 합당한 형벌이나 다름없기도 하다.

그럼에도 비명이 들려올 때마다 몸서리가 쳐지는 건 어쩔 수 없었다.

"아아아악!"

다행히 카르나크 대장은 밀리아가 심문 과정에 참가하는 걸 허락하지 않았다.

아직 어린, 게다가 여성이기까지 한 그녀를 배려한 것이다.

'역시 대장님은 좋은 분이야.'

내심 카르나크에게 감사하며 밀리아는 지하실에서 멀어졌다.

성직자답게, 사교도를 위한 마지막 기도문을 중얼거리면서.

'라티엘이시여, 저 죄 많은 영혼에게 속죄의 안식을 허락하소서.'

⁂

흔들리는 촛불이 희미한 빛을 발하는 어두운 지하실.

카르나크는 지하실 한편에 놓인 탁자에 앉아 열심히 서류를 작성하고 있었다. 이번 사교도 사냥을 킹스 오더에 제출하기 위한 보고서였다.

반대편에서 신음이 들린다.

"으, 으으으……."

전신이 피투성이가 된 사내가 묶인 채 매달려 있었다. 붙잡힌 사령술사였다.

그 앞에서 바로스가 의자 하나 갖다 놓고 앉아서 지루하단 표정을 짓다가 가끔 칼로 푹푹 찌른다.

"으으, 으으으……."

어찌나 혹독한 고문을 당한 건지, 칼로 찔렸는데도 희미한 비명만 나올 뿐이었다.

바로스가 혀를 찼다.

"이거 비명이 너무 작은데요. 기력 다 빠졌나?"

별거 아니란 듯 카르나크가 중얼거렸다.

"찌르고 돌려."

과연, 칼로 푹 쑤신 뒤 후벼 파기까지 하니 요란한 비명이 터져 나왔다.

"으아아악!"

별일 아니란 듯 사람을 고문하는 그 광경을 보며 세라티는 부르르 떨었다.

'아무리 봐도 적응이 안 되는 광경이야.'

그간 카르나크가 사교도를 심문한 적이 없다는 건 맞는 말이다. 심문이란 상대를 압박해 정보를 토하게 만드는 행위니까.

하지만 고문도 하지 않았다는 소린 아니다.

피를 흘리던 사령술사가 애처롭게 뇌까렸다.

"차, 차라리 죽여…….."

바로스가 태연하게 대꾸했다.

"나도 그냥 빨리 죽이고 싶어. 좋아서 이러는 줄 알아?"

밀리아를 살살 꼬드겨 지하실 밖으로 내보내는 건 성공했지만, 그래도 어느 정도 심문하는 티는 내야 의심을 받지 않는다.

즉, 한동안 지하실 밖으로 비명이 들려야 한다.

"으아아아아악!"

세라티는 시선을 돌렸다.

머리로는 이해한다.

이는 인과응보일 뿐이라는 것을.

저자가 다른 사람들에게 저지른 악행을 생각하면 이조차도 가벼운 처벌일 뿐이라는 걸.

'아니, 인과응보이긴 한가, 이게? 악행을 더 큰 악행으로 짓눌러 버리는 건데?'

하지만 카르나크를 말리자니 그것도 좀 애매했다.

덕분에 암흑교단의 사교도들은 빠르게 소탕되었고, 억울하게 희생될 뻔한 왕국민들도 많이 구할 수 있었다.

수단이 잘못된 건 분명한 것 같은데 결과가 워낙 좋다.

'그래, 놈들의 자업자득일 뿐이야.'

애써 납득하며 그녀는 카르나크에게 다가갔다.

그는 어떻게 사교도들을 찾았는지에 대한 그럴듯한 핑곗거리를 적어 대고 있었다. 호기심을 느낀 세라티가 물었다.

"이번엔 무슨 변명을 하실 건가요?"

대답 대신 카르나크가 서류 일부를 가리켰다.

읽어 보니 내용이 대충 이렇다.

사교도 중 한 놈이 보다 강대한 어둠의 힘을 얻기 위해 금지된 술법을 사용했다. 이는 '저주받은 손'이라 불리는 사악한 사령술로, 인간의 손을 잘라 말린 뒤 어둠을 깃들여 저주를 거는 매체로 삼는 물건이었다. 운 좋게 이를 손에 넣은 뒤, 마법으로 흔적을 뒤쫓아 놈들의 근거지를 알아낼 수 있었다…….

서류를 읽어 가던 세라티가 의아해했다.

"저주받은 손? 그런 게 있었나요?"

그러자 바로스가 묶여 있는 사령술사의 오른손을 대뜸 잘라 버렸다.

"으아아아악!"

비명과 함께 핏물이 솟구쳤다.

잘린 오른손을 탈탈 털며 그가 대수롭잖게 내밀었다.

"자요, 도련님. 저주받은 손."

"피 좀 더 빼. 그래야 잘 마르지."

"네."

지켜보던 세라티가 납득하며 고개를 끄덕였다.

"아, 그렇게 하면 되겠네요."

그리고 바로 좌절했다.

'잠깐, 나 왜 저런 광경은 또 태연하게 받아들이는 거야?'

이 인간 같지 않은 것들과 어울리다 보니 인성이 어느새 꽤나 마모된 모양이다. 이래서 친구 잘 사귀어야 한다는 말이 나오는 것이다.

그렇게 세라티가 자기혐오에 빠져 있는 동안이었다.

결국 사령술사의 숨이 끊어졌다. 과다 출혈로 인한 실혈사였다.

심드렁한 바로스의 목소리가 들렸다.

"아, 죽었다."

"비명 많이 지르고 죽었지?"

"네, 도련님."

"됐어, 그럼."

참으로 무미건조한 목소리였다.

하여튼 이걸로 '심문하는 척'이 끝났으니 본론으로 들어갈 차례다.

시체 앞에 서서 카르나크가 사령력을 끌어 올렸다.

유능한 성직자라면 충분히 감지할 만한 어둠의 기운이었지만 개의치 않았다.

어차피 묶인 사령술사 놈도 죽어 가며 사방에 어둠의 기운을 뿌렸으니까.

종말의 어둠이 근원인 기운이라 카르나크의 사령력과 속
성이 똑같다. 직접 이 광경을 보지 않는 이상 어느 신관이 와
도 둘을 구별할 수 없으리라.

"자, 그럼 정보를 뽑아내 볼까."

강령술을 펼쳐 갓 죽은 싱싱한 사령술사의 영혼을 불러낸
다. 그리고 영혼을 억압해 모든 것을 불게 만든다.

강력한 사령술사라도 쉽지 않은 작업이지만, 사령왕이었
던 카르나크에겐 너무도 간단한 일이었다.

"검은 신의 교단에 대해, 죽음의 신 테스라낙에 대해 아는
것을 전부 고해라."

"명대로 따르겠나이다, 죽음의 왕이시여. 부디 원하는 바
를 이루소서……."

살아 있을 땐 그나마 반항도 하던 사령술사였지만 영혼이
된 지금은 충실한 노예일 뿐이다. 바로 모든 정보를 낱낱이
불었다.

그러나 정작 쓸모 있는 내용은 전혀 없었다.

분명 사령술사의 영혼은 진심으로, 아는 것을 완벽하게 토
설했다.

그 내용이 이따위라서 문제지.

"테스라낙의 정체가 뭐지?"

"죽음과 어둠의 파괴신이자, 세상을 바꾸고 새로운 질서를 여는 창조신입니다."

"대외적인 포교 내용 말고, 검은 신의 교단이 알고 있는 진실을 고하라."

"죽음과 어둠의 파괴신이자, 세상을 바꾸고 새로운 질서를 여는 창조신입니다."

"젠장, 이놈도 진심으로 이렇게 믿고 있네."

붙잡은 놈들이 검은 신의 교단에서 그리 고위층이 아니다 보니 제대로 아는 게 없는 것이다.

게다가 생각해 보면 딱히 이상한 일도 아니었다.

7여신교의 신관을 붙잡고 같은 질문을 하면 뭐, 답변이 크게 다를 것 같은가?

신적인 존재에 대한 인간의 인지란 원래 저 정도가 한계다.

하지만 이건 테스라낙이 정상적인 신일 때 이야기지.

"존재하지도 않던 신이 갑자기 생겼는데 이상하단 생각도 안 해 봤냐?"

"죽음도 어둠도 태초부터 있었으니, 어찌 신이 갑자기 생길 수 있겠습니까? 태초부터 존재하신 분이나 어리석은 인간이 미처 몰랐을 뿐이지요."

"아, 그런 식으로 가르치나?"

너무 잔챙이만 걸린다.

테스라낙의 진실에 대해 아는 이가 하나도 없다.

"역시 사교단 내에서 좀 높은 신분이어야 진실을 알 것 같은데……."

사교도들을 여럿 붙잡은 덕분에 검은 신의 교단에 대해 어느 정도 파악은 했다.

암흑교단은 3명의 수장에 의해 다스려진다.

그 밑에 6명의 추기경이 있고, 13명의 대주교, 그리고 각 지역별로 수십 명의 지부장이 점조직을 관리하는 형태다.

그동안 붙잡았던 테스라낙의 신관들은 저 지부장 밑에서 암약하는 놈들이었다.

지부장쯤 되면 워낙 몸을 잘 숨기고 있어 테스라낙의 신관들조차도 자기 윗사람이 누구인지, 어디 사는지 제대로 아는 경우가 없었다.

옆에서 지켜보던 바로스가 말했다.

"적어도 지부장 정도는 붙잡아야 쓸 만한 정보가 나오겠는데요."

"그러게. 그래야 좀 더 윗선까지 추적해 낼 수가 있겠어."

불만스러운 얼굴로 카르나크는 강령술을 거뒀다.

"여기까지군. 이번 놈도 통 영양가가 없어."

사령술사의 영혼이 그대로 어둠의 탁기가 되어 그의 힘으로 바뀌었다.

"아아아아아악!"

죽어서도 안식을 얻지 못한 영혼이 최후의 절규를 내질렀지만 카르나크도 바로스도, 심지어 세라티조차도 신경 쓰지 않았다. 그간 한두 번 본 광경이 아니니까.

한숨을 쉬며 카르나크가 불만을 토한다.

"일부러 킹스 오더에까지 들어왔는데도 일이 영 안 풀리네."

바로스도 동감이란 표정이었다.

"대주교나 추기경쯤 되는 거물이 걸려 주면 좋을 텐데요."

세라티가 고개를 저었다.

"그건 그만큼 심각한 사건이 터진다는 소리인데, 그렇게 되길 바랄 수도 없잖아요? 그만큼 죄 없는 사람들이 희생될 텐데."

그러자 카르나크와 바로스가 신기하다는 듯 그녀를 돌아보았다.

"아, 저런 관점도 있구나."

"역시 여기선 저런 식으로 말해야 사람다운 건가 보죠?"

"좋은 거 배웠네."

한심하다는 듯 왕년의 절대자들을 지켜보는 세라티였다.

"……이게 굳이 배워야만 알 수 있는 사항인가요?"

어쨌든 큰 사건이 벌어져야 한다는 점은 옳다. 그래야 사교단의 중추까지 파고들 여지가 생긴다.

카르나크가 턱을 매만졌다.

"진짜 대형 사건 좀 안 터져 주려나?"

소원은 이루어졌다.

킹스 오더 본부, 에란텔 단장의 집무실.

그곳에서 카르나크와 7대대에 새로운 명령이 하달된 것이다.

"수도 드룬타에 암흑교단과 결탁한 자가 있다는 소문을 접했다네. 이를 조사하고 진위를 가려 여신과 국왕의 이름으로 벌하게."

어쩐지 단장의 음성이 어색했다. 평소의 자신만만하고 위엄 있는 목소리가 아니었다.

그래서 카르나크도 굳이 물었다.

"혐의 대상자가 누군데 그러십니까?"

"그러니까 그게……."

머뭇거리는 기색이 역력한 목소리로 에란텔 단장이 대꾸했다.

"……유스틸 왕국 제2왕자, 알포드 루단 유스틸 전하일세."

왕가의 암투

유스틸 왕국의 현 국왕, 위스콧 1세에겐 2명의 아들이 있다.

올해로 20살이 된 제1왕자 로이드 루단 유스틸과 19살인 제2왕자 알포드 루단 유스틸이 그들이다.

이 둘은 왕위 계승권을 놓고 치열하게 다투는 사이였다.

장자의 원칙에 따른다면 제1왕자 로이드가 왕위를 잇는 것이 상식인데, 이게 좀 골치 아픈 부분이 있는 것이다.

원래 위스콧 1세의 정실은 멜레아 왕비, 유스틸 왕국의 고위 귀족가인 휠러 공작가의 여식으로 정략결혼을 통해 왕비가 된 여인이었다.

국왕과 왕비의 사이는 딱히 금슬이 좋지도 나쁘지도 않았다.

　어릴 때부터 철저히 가문을 위해 정해진 상대와 혼인해야 한다고 교육받은 이들이었다. 둘 다 사랑 앞에서 모든 것을 버릴 수 있다며 열정을 불태우는 성격도 아니었다.

　혼인 후 10여 년간, 평범한 왕가의 일원으로서 그냥저냥 무난하게 부부 생활을 이어 갔다.

　문제는 둘 사이에 아이가 없었다는 점.

　왕국에 후계자가 없다는 것은 꽤나 심각한 사안이다.

　당연히 왕실은 물론이고 귀족들도 위스콧 1세에게 후궁을 들여 후사를 이을 것을 권했다.

　여러 후보 중에서 유서 깊은 가문인 탈라인 후작가의 칼피아가 선택되었다.

　멜레아 왕비도 별 반대를 하지 않았다. 여인으로서 자존심이 상하기야 했지만 허물이 있으니, 자신이 왕자를 못 낳으니 어쩔 수 없는 일이라 여겼다.

　내심 후궁도 아이를 가지지 못하면 자신의 허물이 덮어질 거라 기대한 면도 없지 않았다.

　이런 경우엔 왕실의 방계에서 가장 피가 짙은 이가 왕위를 잇게 될 것이다.

　그런데 이게 웬걸?

　후궁이 된 칼피아가 덜컥 왕의 아이를 가진 것이다.

　심지어 입궁 후 석 달쯤 지났을 때 확인을 해 보니 임신 3

개월 차였다. 그냥 첫날밤에 바로 아이가 들어섰다는 소리다.

그렇게 시간이 흘렀다.

칼피아는 순조롭게 몸을 풀어 건강한 아기를 낳았다. 제1 왕자 로이드였다.

크게 기뻐하며 위스콧 1세는 율법을 관장하는 달의 여신, 알리움의 이름으로 당당히 로이드 왕자를 정명한 후계자로 선포했다.

여기까진 그냥 평범한 왕실의 비사일 뿐이리라.

문제는 이다음이었다.

후궁을 맞이했다 하여 국왕과 왕비의 사이가 크게 나빠진 것은 아니었다.

속마음이야 어찌 됐든 멜레아는 겉으로는 차분하고 우아한 태도를 유지했다. 딱히 시기나 질투를 드러내지도 않았다.

아무리 애를 못 낳는다고 해도 왕비는 왕비, 즉 마누라고, 남편과 마누라가 동침하는 것은 실로 자연스러운 일.

칼피아가 임신 중이었으니 자연스레 위스콧 1세의 발길은 도로 멜레아 왕비에게로 향했다. 후계자를 생산해야 한다는 의무감이 사라졌으니 오히려 예전보다 서로를 편하게 대하기도 했다.

그래서일까?

결혼한 지 10년이나 지난, 서른이 넘은 멜레아 왕비에게 뒤늦게 아이가 들어섰다. 제2왕자 알포드의 탄생이었다.

왕실은 발칵 뒤집혔다. 실로 운명의 장난이라고밖에 할 수 없었다.

장자의 원칙 아래, 여신의 이름으로 정당한 계승권을 지음 받은 제1왕자.

엄연히 정실의 배에서 태어난, 혈통으론 월등히 앞서는 제2왕자.

심지어 양쪽 모두 고작 반년밖에 나이 차이가 나지 않는다.

과연 진정한 왕의 자격이 있는 이는 누구인가?

※

"대충 이런 상황이다."

카르나크의 설명에 세라티가 고개를 끄덕였다.

"저도 들은 적 있어요. 수도 사람들 사이에선 꽤나 퍼져 있는 이야기더라고요, 두 왕자의 불화에 대해서."

고급스러운 테이블에 팔꿈치를 괸 채 바로스도 혀를 찼다.

"불화 정도가 아니던데요? 서로 못 죽여서 안달이던데."

현재 이들은 드룬타의 외곽에 위치한 여관, '용의 메아리'에 묵고 있었다. 고급 여관에 미리 돈을 주고 장기 투숙 계약을 한 것이다.

원래는 수도에 따로 집을 마련할 생각이었지만 솔직히 그건 너무 돈 낭비였다.

킹스 오더는 임무 특성상 워낙 집을 자주 비운다.

실제로 카르나크 일행도 킹스 오더가 된 지 벌써 7개월째지만 정작 수도에 머문 것은 30일도 채 되지 않았다.

잘 쓰지도 않을 빈집을 비싼 돈 주고 구입할 필요는 없지 않은가?

아무리 가문이 부자가 되었어도 그렇지, 차라리 그 돈으로 맛있는 거나 더 사 먹고 말겠다는 게 카르나크의 선택이었다.

실제로 지금도 싱싱한 과일과 달콤한 과자를 테이블 위에 놓고 냠냠 집어먹고 있기도 하고 말이지.

"하여튼……."

잘라 놓은 사과 하나를 베어 문 뒤, 카르나크가 말을 이었다.

"상황이 여기까지 온 것엔 국왕의 무책임이 제일 큰 모양이야."

장자의 원칙으로 무장한 제1왕자와 정실의 혈통인 제2왕자.

양쪽 모두 명분상 크게 우위에 서질 않는다.

뒷배가 되어 주는 세력은 휠러 공작가를 외가로 두고 있는 제2왕자가 훨씬 강하지만, 하필 제1왕자를 여신의 이름으로 후계자로 지음해 버렸다.

국왕 입장에선 어느 쪽을 택해도 후폭풍이 클 수밖에 없는 것이다.

그래서 위스콧 1세의 결정은…….

"그냥 문제를 뒤로 미뤘더군."

이는 당장 판가름할 일이 아니다. 왕자들이 자라나며 무슨 일이 생길지 모르지 않는가? 국왕 자신의 사례도 있듯, 후계자를 생산하지 못할 수도 있다. 그러니 확실한 결정은 왕자들이 성혼을 하고 난 후 신중하게 하겠다!

이야기를 듣던 세라티와 바로스가 어이없어했다.

"진짜 우유부단한 태도네요?"

"후환 만들기 딱 좋은 짓이기도 하고요."

국왕 딴에는 신중하게 결정한다고 한 짓일지 모르겠지만, 이게 듣는 입장에선 어떤 식으로 들릴까?

어머나! 저쪽 왕자님에게 뭔가 일이 생기면 우리 왕자님이 왕이 된다는 소리네?

카르나크가 실실 웃었다.

"덕분에 상황이 재밌게 돌아가더라."

두 왕자가 태어난 지 어언 20년.

제1왕자를 섬기는 탈라인 후작가와 제2왕자를 섬기는 휠러 공작가는 수시로 대립했다.

길 가다가 마주치면 칼부림하는 건 예사, 목숨을 잃는 경우도 종종 나왔다. 몰래 서로를 암살하려는 시도도 적지 않았다.

바로스가 흥미로워하며 웃었다.

"개판이구만요. 하긴 왕가 속사정 대부분이 개판이긴 하지."

세라티만 어이없다는 반응.

"그게 뭐가 재미있다는 거예요?"

두 놈이 눈을 동그랗게 떴다.

"그야, 내 일이 아니잖아?"

"남 망하는 거 재밌어하는 건 인간의 본성 아니었나요?"

"그럴 리가 없잖아요!"

발끈하다 말고 세라티는 잠시 고개를 갸웃거렸다.

'남 망하는 거 보면서 즐거워하는 건 인간의 본성이 맞는 것 같기도 하고?'

하지만 이걸 인정해 버리면 자신도 '저놈들' 같은 인간이 될 것 같다.

그녀가 화제를 돌렸다.

"그럼, 두 왕자 중 누구에게 더 왕의 자격이 있나요?"

카르나크가 콧방귀를 뀌었다.

"왕의 자격이라는 게 대체 뭔지부터 정의하는 게 순서 아닐까?"

"그야, 능력이라거나 성품이라거나……."

"둘 다 이제 갓 20살 안짝인데? 능력이 뛰어난지 아닌지 어떻게 알아?"

아직 세상을 배우기도 벅찰 나이들이었다. 능력을 보여 줄 기회 자체를 얻지 못했다.

그렇다고 둘 다 어린 나이부터 두각을 드러낼 정도의 엄청난 천재들도 아니었고.

"물론 성품만 보면 제1왕자가 더 왕위에 어울리긴 하더군."

제1왕자 로이드는 차분하고 신중한 성격이었다. 매사에 성실하고 겸손한 성품이기도 했다.

반면 제2왕자 알포드는 성질이 급하고 폭력적이며 오만하기까지 하다.

솔직히 왕국의 미래만 보면 로이드 왕자가 훨씬 왕위에 어울린다.

그럼에도 위스콧 1세가 로이드의 손을 들어 주지 못한 이유는 그가 너무도 허약한 체질이기 때문이었다.

어릴 적부터 툭하면 열이 오르고 쓰러지는 일이 잦았다.

나이가 든 후에도 몸은 나아지지 않아, 최고의 스승 밑에서 성실하게 최고의 검술을 익혔음에도 일개 병사 하나를 간신히 상대하는 수준이었다.

일국의 왕자인 덕분에 수시로 신성 치유술을 받았으니 망정이지, 평민이었다면 10살도 넘기지 못했을 것이란 게 세간의 평이었다.

반면 제2왕자 알포드는 타고난 강골에 무재까지 지니고

있어, 20살을 앞둔 나이에 이미 일류 기사급이라 평가받고 있었다.

　오만한 성품 탓에 수련을 게을리하지만 않았다면 투기를 각성했을지도 모른다는 소리마저 들을 정도다.

　"제1왕자가 너무 허약해 언제 죽어도 이상하지 않으니 제2왕자 측에서 몰래 손을 쓰고 싶어질 법도 하겠지."

　실제로 암살, 독살 쪽은 역시 사령술사가 전문이다.

　"그렇군요……."

　고개를 끄덕이던 세라티는 문득 물었다.

　"그럼 전생 땐 누가 왕이 됐나요?"

　카르나크가 무심히 대답했다.

　"제2왕자. 나중에 왕이 된 알포드와 만난 적이 있으니까 이건 확실히 알아."

　전생의 알포드 왕자가 사령술의 힘을 빌렸다는 소린 아니다.

　힘을 빌릴 상대도 없었다. 현재처럼 검은 신의 교단이 존재하지 않았으니까.

　"그래서 로이드 왕자에게 무슨 일이 생기기만을 기다리고 있었는데 이게 여의치 않았던 모양이더군."

　평생 골골대면서도 제1왕자는 용케 죽지 않고 왕위를 계승했다고 한다.

　"직후에 내란이 발발했고."

참다못한 제2왕자 측이 반란을 일으킨 것이다.

무수한 피를 흘린 끝에 결국 알포드가 왕위를 찬탈하는 데는 성공했지만 이미 유스틸 왕국은 만신창이가 된 후였다.

"결국 제대로 왕 노릇도 못 해 보고 왕국과 함께 멸망했지, 뭐."

"유스틸 왕국이 멸망했다고요?"

놀란 세라티가 눈을 깜박거렸다.

딱히 애국심은 크게 없지만 그래도 조국인데 망했다는 소릴 들으니 떨떠름하다.

"누가 멸망시킨 거죠? 설마 제국인가요?"

유스틸 왕국의 오랜 적수라면 역시 국경 일부를 마주하고 있는 라케아니아 제국.

그런데 그건 아닌 듯했다.

바로스가 대뜸 카르나크를 가리켰거든.

"저 양반요."

카르나크도 서슴없이 손을 들었고.

"응, 나."

제국은 제국인데 라케아니아가 아니라 언데드 제국이었다.

"……어휴."

세라티는 한숨을 내쉬었다.

의외로 그리 놀랍진 않았다. 어째 그럴 것 같았달까?

어쨌든 이걸로 대충 상황은 이해했다. 바로스가 눈을 빛내며 몸을 일으켰다.

"자, 그럼 이번 임무는 제2왕자 조사군요. 대대원들을 소집할까요?"

카르나크가 그를 말렸다.

"진정해, 바로스. 아직 임무를 맡은 건 아니다."

킹스 오더가 무슨 모험가 길드도 아니고, 입맛대로 임무를 골라 맡을 수는 없다.

하지만 이 정도로 사안이 크면 윗선에서도 강요할 수는 없는 것이다. 강제로 떠넘겼다가 실패하기라도 하면 문제가 더 커지니까.

"그래서 일단 생각할 시간을 좀 달라고 했지."

"엥? 거절했어요? 왜요?"

이것이야말로 카르나크가 항상 노래를 부르던 '거물들이 엮인 대형 사건' 아닌가?

"다른 대대가 임무 맡으려고 해도 도련님이 억지로 빼앗아야 할 판 아니에요?"

"그래서 더더욱 시간을 달라고 한 거야."

2왕자가 정말 검은 신의 교단과 손을 잡았다?

이건 아무 문제가 없다.

평소처럼 사령술 흔적 먼저 찾고, 그다음에 보고서를 조작해서 핑계를 만들면 된다.

"오히려 아무 연관이 없으면 골치 아프거든."

상대가 왜 죄가 없는지, 무슨 연유로 그런 판단을 내렸는지를 일일이 지어내야 하는 것이다.

이건 어떻게 해야 하는지 카르나크도 모른다.

"그렇구만요."

바로스도 납득했다.

"무고한 사람 누명 씌우는 짓이야 자주 했지만, 무죄 증명 같은 건 생각해 본 적도 없네요."

그러니 일단 카르나크 일행만으로 먼저 조사를 해 봐야 한다.

"진짜로 암흑교단과 연관이 있는지를 확인한 다음에 임무를 맡건 말건 해야지."

카르나크는 임무를 맡을지 판단할 시간으로 사흘을 요구했다.

어차피 척 보기만 하면 사령술과 연관이 있는지 없는지 알수 있는 그였다. 그러니 제2왕자가 암흑교단과 연관이 있는지를 파악하는 데 사흘이면 충분하다고 여겼다.

오산이었다.

수도 드룬타 중앙의 왕성, 델라스타스.

왕성 외곽의 높은 장벽 아래 서서 카르나크가 혀를 찼다.

"아, 이런 문제가 있구만."

모든 사령술을 꿰뚫어 보는 눈이 있다 해도 일단 본다는 행위 자체는 해야 한다.

젤파 마을 사건처럼 마을 전체에 광범위하게 사령술 결계를 깔아 놨다거나 하면 아무리 은밀해도 멀리서도 바로 알아챌 수 있다.

하지만 브렐란트 백작 사건처럼 교묘히 소규모 사령술을 사용했다면 직접 탐색을 해야 확인이 가능하다.

그러니 일단 왕성 안으로 들어가서 제2왕자나 왕자의 거처를 눈으로 봐야 하는데…….

"들어갈 방법이 없잖아."

애초에 왕실과 아무 연도 없는 카르나크가 뭔 수로 왕궁 깊숙이 처박힌 알포드 왕자의 거처에 접근할 수 있겠는가?

킹스 오더의 신분으로 알현 요청을 넣어?

무슨 명분으로? 그냥 의심스러워서 무턱대고 짚어 보았다고?

잘도 만나 주겠다.

혐의가 사실이건 아니건 저건 충분히 기분 나쁠 만한 일이고, 권력자의 불쾌함은 일반인의 그것과는 후폭풍이 다르다.

무조건 몰래 확인해야 한다.

그래서 카르나크 일행은 지난 이틀간 열심히 왕성 근처를 어슬렁대며 기회를 엿보았다.

그리고 당연하지만 성과는 없었다.

숙소에 모여 앉아 카르나크가 어깨를 축 늘어뜨렸다.

"내일까지 답변을 줘야 하는데 어쩐다?"

세라티가 이해가 안 간다며 물었다.

"이렇게 될 줄은 미처 생각 못 하신 거예요?"

너무 당당하게 굴기에 그녀는 카르나크에게 뭔가 절묘한 마법적인 수법이 있는 줄 알았다. 그걸로 사령술의 흔적을 확인할 거라 여긴 것이다.

설마하니 들어가는 게 문제라는 점조차 떠올리지 못할 줄이야.

'이 인간, 사실은 바본가?'

변명하듯 카르나크가 투덜거렸다.

"그게, 예전엔 쉽게 들락날락했거든."

"어떻게요?"

왕년의 두 '인간 말종'들이 퉁명스레 대꾸했다.

"다 부수고 들어갔지, 뭐."

"다 죽이고 들어갔죠."

"아, 예…….''

이래서 편향된 경험이란 건 위험하다.

뒷골목 범죄 집단의 아지트에 잠입할 땐 온갖 수법을 다 떠올리는 놈들이 정작 일국의 왕성은 출입이 어려울 거란 생각조차 못 떠올리다니.

카르나크도 자신의 문제를 깨달았는지 시무룩한 표정이었

다.

"생각해 보면 진짜 당연한 건데, 닥치기 전엔 영 생각이
안 미친단 말이야."

머리를 긁으며 그는 고민에 빠졌다.

"어쩌지? 일단 임무를 맡아? 하지만 그러면 혐의가 없을
경우 핑계가 안 떠오르는데."

세라티가 조심스레 물었다.

"일단 왜 제2왕자를 의심했는지부터 알아보는 건 어때
요?"

뭔가 이유가 있어서 의심을 했을 테고, 그 이유가 합당하
게 들렸기에 에란텔 단장도 이를 심각한 사안으로 여기고 카
르나크를 호출한 것일 터다.

그냥 정체불명의 뜨내기가 와서…….

-제2왕자가 수상합니다! 사령술사랑 손잡은 거 같아요!
-그럴 수가! 근거는?
-그냥요. 그래도 조사는 해 보는 게 좋지 않을까요?
-그렇군! 킹스 오더 출동!

"……이랬을 리는 없잖아요?"

바로스가 고개를 저었다.

"그 정도는 우리도 압니다. 그런데 그걸 알아내려면 일단

임무를 맡아야 하잖아요."

저런 상세한 정보는 킹스 오더 내에서도 임무 당사자에게나 알려 주는 법이다.

"거, 지금 고민은 임무를 맡을지 말지라니까요?"

어떻게 이런 것도 모를 수 있냐는 표정으로 카르나크와 바로스가 세라티를 바라보았다.

그래서 세라티도 똑같은 표정으로 응수해 주었다.

"아니, 그러니까 이제 핑계가 생겼잖아요!"

"엥? 핑계가 생겼다고?"

"혹시 좋은 방법이라도 떠올랐어요, 세라티 경?"

세라티는 한 번 더 속으로 뇌까렸다.

'이 인간들, 사실은 바본가?'

굳이 핑계를 만들 필요도 없다.

"실제로 지금 우리는 제2왕자에게 접근을 못 했고, 그래서 혐의 자체를 파악하지도 못했잖아요. 그냥 그대로 보고하면 되는 거 아녜요?"

카르나크가 지방의 백성들 상대로 실력을 발휘한 것은 사실이다. 하지만 출신이 촌뜨기 무지렁이 지방 귀족이다 보니 왕실의 중추에 접근할 방법이 없다. 이 임무는 보다 신분이 높은 다른 킹스 오더가 맡아야 할 일인 것 같다.

"이러면 되잖아요."

카르나크와 바로스가 눈을 초롱초롱 빛냈다.

"그러게! 그러면 되네?"

"왜 이 생각은 못 했죠, 우리?"

세라티가 한숨을 푹 내쉬었다.

"그러니까 세상만사를 거짓말로만 때우려고 하지 마시라니까요……."

새삼 깨달음을 얻은 표정으로 바로스가 고개를 끄덕였다.

"하긴, 때론 진실만으로도 상대를 속일 수 있는 법이죠."

"……그게 왜 그렇게 해석이 되나요?"

어쨌든 이걸로 임무를 맡는 것에 대한 부담은 사라졌다. 카르나크가 몸을 일으켰다.

"나, 그럼 킹스 오더 본부 좀 다녀올게."

바로스가 문득 물었다.

"그런데 이 경우엔 도련님 평가가 떨어지지 않을까요? 첫 임무 실패가 될 텐데."

그 점에 있어선 아무 걱정도 안 하는 카르나크였다.

"그게 무슨 상관이야? 내가 뭐 출세하려고 이 짓거리 하냐?"

꽃※

카르나크의 승낙에 에란텔 단장은 만면 가득 기쁜 미소를 지었다.

"오, 임무를 맡겠는가?"

"너무 좋아하시는데요?"

알고 보니 단장 역시 마음고생이 꽤 심했던 모양이었다.

"달리 맡길 만한 이들이 없었으니 말일세."

킹스 오더는 임무 특성상 고위 귀족 출신이 많다. 그리고 상대는 평범한 귀족이 아니라 왕족, 그것도 미래에 왕이 될 가능성이 높은 이였다.

자칫 잘못하면 가문이 통째로 날아갈 수도 있는 사안인 것이다.

아무리 정의감에 불타고 충성심이 드높은 이라도 가문에 피해가 갈 수 있는 일에 개입하는 건 쉽지 않다.

에란텔이 카르나크를 선택한 것은 그간 보인 성과가 대단하다는 이유도 있지만, 지방의 힘없는 귀족이라 중앙의 권력 다툼에 별 영향을 받지 않는다는 점도 컸다.

무엇보다 부모 형제를 전부 사령술사(?)에 의해 잃었으니 사령술사에 대한 복수심이 매우 크다는 점도 신뢰할 수 있는 부분이다.

'실은 사령술사도 아니었고, 복수심 따위도 없지만 말이지.'

내심 쓴웃음을 짓는 카르나크였지만 당연히 티는 내지 않았다. 이런 편리한 오해를 굳이 정정할 이유가 없지.

"그래서 임무에 대한 상세한 정보를 받고 싶은데요."

"물론일세!"

에란텔이 집무실 금고를 열고 서류 한 무더기를 꺼냈다.

평소엔 그냥 서랍에 넣어 두었다가 건네는데, 이번엔 사안이 워낙 중대하다 보니 엄중하게 보관한 듯했다.

서류를 건네며 에란텔 단장이 목소리를 낮췄다.

"왕가의 일, 그것도 오랫동안 반목한 두 왕자님들이 관련된 일이네. 부디 신중하게 움직이게."

***

유스틸 왕국 제2왕자, 알포드 루단 유스틸.

그가 검은 신의 교단과 결탁했다는 혐의를 들고 온 이는 로이드 왕자의 비밀 정보원이었다.

두 왕자는 이미 오래전부터 서로에게 첩자를 심어 놓고 암투를 벌이고 있었다. 그 첩자 중 1명이 알포드 왕자 근처에서 정보를 캐내다가 이 사실을 발견한 것이다.

일국의 왕자가 사령술사와 결탁했다는 건 보통 중대한 사건이 아닌 만큼 로이드 왕자도 함부로 움직일 수 없었다. 그래서 비밀리에 킹스 오더에 협력을 요청했다고 한다.

걸음을 옮기며 카르나크가 말했다.

"얼마나 조심한 건지 로이드 왕자 쪽 편지 한 장만 달랑 본부로 날아왔다더라."

현재 카르나크 일행은 왕도 동쪽 외곽으로 향하고 있었다. 정보에 따르면 로이드 왕자의 첩자가 몸을 숨기고 있는 곳이었다.

설명을 듣던 바로스가 고개를 갸웃거렸다.

"편지 한 장만 믿고 에란텔 단장이 움직였다고요? 그 양반 그런 성격 아닌데."

"그게, 로이드 왕자의 친필 서한이었다 하더라고."

"아, 그럼 충분히 신뢰할 만하겠군요."

에란텔 경은 킹스 오더의 단장을 맡기 전엔 왕실의 부기사 단장이었다.

로이드 왕자와도 친분이 있으니 필적이며 평소 쓰는 어투를 통해 서한의 진위를 충분히 판별할 수 있었으리라.

"뭐, 지금 아는 건 이 정도야. 그 이상 자세한 정보는 임무 당사자에게만 전하겠다더군. 킹스 오더도 완전히 믿진 못하겠다는 소리지."

세라티가 고개를 끄덕였다.

"첩자답게 신중하네요."

로이드 왕자 입장에서 에란텔 단장은 충분히 믿을 수 있는 이다.

그는 오래전부터 왕실에 충성하던 이였고, 왕자들의 암투에도 철저히 중립을 지키는 입장이었다.

그렇기에 오히려 신뢰할 수 있다. 사령술 건은 암투의 영역을 벗어난 일이니까.

하지만 킹스 오더 전원을 믿을 순 없는 것이다.

어디서 정보가 새어 나갈지 모르니 최대한 조심하고 또 조
심하는 건 상식이다.

대화를 나누며 세 사람은 계속 수도의 거리를 걸었다.

깔끔한 수도의 건축물 대신 허름한 건물들이 거리를 대신
한다. 하층민들이 주로 거하는 수도 외곽의 슬럼가다.

그중 통나무와 판자를 덧대 만든 어수선한 2층 건물이 약
속 장소였다.

안으로 들어서니 로브를 깊게 눌러써 얼굴을 가린 건장한
사내가 일행을 기다리고 있었다.

주위를 경계하며 사내가 물었다.

"무슨 일이십니까요, 나리?"

카르나크는 피식 웃었다.

'첩자치곤 연기가 영 어수룩한데?'

아마 흔해 빠진 빈민으로 보이려 한 모양인데, 그렇다기엔
덩치가 너무 좋다.

게다가 모르는 사람이 왔으면 의아해해야지 왜 주위를 경
계해?

카르나크가 품속에서 엠블렘을 꺼내 들었다.

"킹스 오더다. 그대가 로이드 전하의 밀명을 받은 자인
가?"

인장을 확인한 두건 쓴 사내가 말투를 바꿨다.

"그렇군. 그대들이 에란텔 경이 고른 이들인가?"

순간 바로스는 의아해했다.

'말투가 어째?'

첩자치곤 말투가 너무 고압적이었다. 아니, 고압적이라기보단 하대가 자연스러운 말투?

'고위 귀족인가?'

그건 좀 이상하다. 고위 귀족 출신은 보통 첩자 같은 일은 하지 않는다.

경계하며 바로스가 말했다.

"자, 이제 당신이 신분을 증명할 차례요."

사내가 어깨를 으쓱였다.

"내 신분을 증명할 유일한 물적 증거가 킹스 오더로 보낸 왕자의 친필 서한이었다네."

"증거가 없다는 거요?"

바로스가 허리춤의 검으로 손을 가져갔다. 세라티 역시 무릎을 살짝 굽혔다.

하지만 상대는 개의치 않는 반응이었다.

"그러니 내가 증명할 것은 내 얼굴밖에 없는데……."

두건으로 손을 가져가며 그가 목소리를 낮췄다.

"말해 두네만, 내 얼굴을 보면 꽤나 놀랄 걸세. 그러니 당황하지 말라고 미리 당부해 두고 싶군."

의아해하는 일행 앞에서 사내는 두건을 젖혔다.

진한 검은 머리에 날카로운 턱선, 강인한 인상을 지닌 청년이 얼굴을 드러냈다.

일견 자신만만해 보이는 표정 속에 신기하게 차분한 느낌이 섞인 인상.

그 얼굴을 본 순간 바로스와 세라티의 안색이 굳었다.

"어?"

"당신은?"

직접 본 적은 없지만 초상화를 통해 익히 아는 얼굴이었다.

킹스 오더는 직업 특성상 한껏 미화된 예술용 초상화가 아닌, 빛의 마법으로 엽사해 만든 실물과 똑같은 초상화로 사람들의 인상착의를 익힌다.

덕분에 바로 알아볼 수 있었다.

"……알포드 왕자님?"

"이게 무슨?"

두건 쓴 사내의 정체는 유스틸 왕국 제2왕자, 알포드였다.

도무지 이해가 안 가는 상황이다.

제2왕자가 암흑교단과 결탁했다는 혐의를 들고 온 이가 제2왕자 본인이라니?

그런데 더더욱 이해가 안 가는 일이 이어졌다.

"자네들 말이 맞아. 이 얼굴은 분명 알포드의 것이지."

턱을 매만지며 사내는 씁쓸한 미소를 지었다.

"하지만 나는 알포드가 아니다. 쉽게 믿기 힘든 이야기겠지만……."

그리고 자신을 가리키며 차분히 말을 이었다.

"난 제1왕자, 로이드 루단 유스틸. 이 나라의 정명한 계승자다."

제2왕자가 갑자기 나타나더니 자신을 제1왕자라고 우긴다?

평범한 이라면 알포드 왕자의 정신에 상당한 문제가 생겼다고 여길 것이다.

하지만 사령술에 익숙한 자라면 이야기가 다르다.

카르나크가 인상을 썼다.

"두 분의 영혼이 바뀐 것입니까?"

알포드, 정확히는 알포드의 육신을 차지한 로이드 왕자가 놀랍다는 표정을 지었다.

"말한 내가 할 소리는 아닌 것 같네만, 이게 그렇게 쉽게 받아들일 수 있는 이야기인가?"

"사령술 중에는 그런 술법도 있으니까요. 조건이 매우 까다롭긴 하지만 말이죠."

왕자가 안도의 한숨을 쉬었다.

"역시 자네들을 택한 것이 정답이었군."

이것이 일부러 킹스 오더에 연락을 취한 이유였다.

킹스 오더의 마법사들보다 강력한 마법사가 유스틸 왕국에 없는 건 아니다. 하지만 사령술 관련 사건이라면 저들보다 더 노련한 이들은 없다.

왜냐고? 종말의 어둠이 뿌려지기 전에는 굳이 대사령술 관련 수법을 따로 익힐 이유가 없었거든. 사령술사 자체가 얼마 없었는데?

킹스 오더의 마법사쯤은 되어야 자신에게 걸린 사령술을 알아볼 거라 기대한 것이다.

로이드 왕자가 다시 물었다.

"혹시 킹스 오더가 아닌 마법사들도 자네처럼 쉽게 알아볼 수 있을까?"

그렇다면 제1왕자의 세력에 속한 다른 마법사들에게 연락을 취할 수 있을지 모른다.

하지만 카르나크는 고개를 저었다.

"오해가 있으시군요. 제가 무슨 마법적인 안목으로 왕자님의 상태를 파악한 건 아닙니다."

실은 보자마자 '어라? 엉뚱한 영혼이 들어가 있네?'라고 바로 알아봤지만, 일단 모른 척한다.

지금 로이드 왕자에게 펼쳐진 영혼 교환술은 굉장히 고도의 사령술이다.

마법사는 물론이고, 사령술사라 해도 펼친 본인이 아니라면 알아볼 수 없을 정도로 은밀하게 감춰져 있다.

　어디까지나 카르나크쯤 되니까 파악했지, 보통은 알아차리지 못하는 게 정상이었다.

　'그러니 나도 못 알아본 척해야지.'

　카르나크가 뻔뻔하게 말을 이었다.

　"단지 왕자님의 말씀이 사실이라면 영혼 교환술이 제일 앞뒤가 맞는 것뿐이지요. 사실은 알포드 왕자님이 저희를 기만하고 로이드 왕자님인 척하는 것일 수도 있잖습니까?"

　실제로 다른 킹스 오더라면 이런 식으로 판단했을 터였다.

　로이드 왕자가 눈살을 찌푸렸다.

　"즉, 아직 내 말을 완전히 신뢰하는 건 아니란 의미인가?"

　"꼭 그런 건 아닙니다. 정황상 당신이 로이드 왕자님일 가능성은 꽤나 높거든요."

　"왜 그렇게 판단했지?"

　카르나크는 속으로 혀를 찼다.

　'정답을 아는데 사정을 말하지 못하니 귀찮구만.'

　그렇다고 대놓고 진실을 말할 수도 없다. 그래서 적당히 입을 털었다.

　"에란텔 단장님이 당신의 서한을 신뢰했으니까요. 그분이 제1왕자로 판단했다면 그럴 만한 근거가 있지 않겠습니까?"

　"내가 에란텔 경마저 속였을 가능성은? 내 친필 서한을 알포드가 따로 손에 넣은 뒤 수작을 부렸을 수도 있지 않나?"

"말씀하시는 걸 보니 점점 더 로이드 왕자님일 가능성이 높아지네요."

"어째서?"

"만약 당신이 알포드 왕자님인데 속이고 있는 거라면, 그런 식으로 말씀하시지는 않았겠죠."

무의식중에 '로이드 왕자'의 친필 서한을 '내'가 따로 손에 넣었다는 식으로 말했을 것이다. 자아가 알포드였다면 말이지.

"그, 그렇군."

로이드 왕자의 표정이 누그러졌다.

카르나크가 눈치를 보며 말을 이었다.

"지금 왕자님이 보이는 반응만 해도 그렇습니다."

"반응이라니?"

"아까부터 계속 왜 자신을 의심하지 않냐고 따지고 계시지 않습니까?"

알포드 왕자가 로이드 왕자인 척하고 있는 거라면 이렇게 꼬치꼬치 캐물어 자신을 의심하게 할 필요까진 없다.

"의심스러운 부분을 먼저 제거해 확실하게 신뢰를 얻기 위해서일 수도 있지 않…… 아니, 그렇군. 그럼 더더욱 이렇게까지 따질 필요는 없지."

"그리고 딱히 득 될 게 없다는 점도 있습니다."

"득 될 게 없다고?"

"상황이 그렇잖습니까?"

알포드 왕자가 본인이 로이드 왕자인 척하면서 자기 세력과 자기 자신에게 사령술 혐의가 있다고 고발한다?

"굳이 이렇게 해서 알포드 왕자님이 무슨 이득을 얻을 수 있는 건지 전 도무지 짐작이 안 가는군요. 물론 이 역시 제가 상상도 못 할 기묘한 책략을 꾸밀 가능성도 없지는 않습니다만……."

이 또한 가능성이 극히 낮다. 아무리 기묘한 책략이라도 최소한 기본적인 틀은 있는 법이다.

여러 상황을 두루 조합해 볼 때, 로이드와 알포드의 몸이 바뀌었다는 건 사실일 가능성이 매우 높다.

"이게 제가 내린 결론입니다."

로이드의 표정이 풀렸다. 이제야 좀 안심이 되는 듯했다.

"정말이지 다행이군. 자네처럼 지혜로운 자를 만나서 말이야."

바로스와 세라티가 콧방귀를 뀌었다.

[……지혜로운 자?]

[그냥 정답부터 훔쳐본 뒤 끼워 맞추고 있을 뿐인데, 무슨.]

[어이, 둘 다 표정 관리 좀 하시지?]

어쨌거나 덕분에 로이드 왕자는 카르나크를 상당히 현명하고 상황 판단이 빠른, 신뢰할 만한 마법사로 본 모양이었다.

사령왕
카르나크

왕자가 조심스레 물었다.

"자네 말대로라면 우리 몸이 바뀌었다는 걸 마법적으로 증명할 방법은 없다는 소리인가?"

"제가 아는 한은 없습니다. 물론 마탑의 고강한 마법사들께선 다를지 모르겠습니다만."

실제로는 있다.

있긴 있는데 준비에 시간이 오래 걸리고, 촉매도 굉장히 구하기 힘든 데다 고도의 마법적 지식을 필요로 하는 의식이라서 문제지.

'현재 유스틸 왕국 마탑 수준에서는 저게 가능한 마법사가 없을걸.'

로이드도 고개를 끄덕였다.

"하긴, 쉽게 들통날 것 같으면 알포드가 이런 짓을 저지르지도 않았겠지."

그리고 근심 가득한 표정을 지었다.

"그렇다면 이제 어찌해야 하는가? 사실 나는 킹스 오더의 마법사라면 내 정체를 증명해 줄 수 있을 거라 기대하고 자네들을 찾은 것이네만……."

"일단은 정황부터 들어 보고 싶군요."

이야기가 길어질 것 같아 카르나크가 자리를 권했다.

방 안의 허름한 테이블에 모여 앉아 그가 다시 물었다.

"대체 어떻게 된 겁니까?"

"나도 모르겠네. 그냥 자고 일어나니 내가 알포드가 되어 있었어."

"자세한 과정을 설명해 달라는 말입니다. 왕자님께선 미처 모르시는 단서를 잡을 수도 있으니까요."

"그건 그렇군."

납득하며 로이드는 천천히 입을 열었다.

"닷새 전의 일이었다……."

왕자의 말에 따르면 평소와 다를 바가 전혀 없는 하루였다.

"그날도 난 평범하게 일과를 마치고 매일같이 받는 신관의 신성 치유술을 받은 뒤 잠자리에 들었다네."

바로스가 문득 물었다.

"……매일같이 신성 치유술을 받으신다고요?"

로이드가 실소를 흘렸다.

"자네들도 내 몸이 약하다는 소문 정도는 들었을 텐데?"

"그, 그래도 그렇지……."

저건 약한 정도가 아니라 거의 숨 쉬는 좀비 수준이 아닌가?

물론 왕자님 앞에서 감히 대놓고 말할 순 없지만.

익숙한 반응인지 로이드는 어깨를 으쓱거렸다.

"그러니 아버님이 알포드에게 기대를 거는 것도 무리는 아니지. 하여튼 잠이 들 때까지 딱히 특이한 점은 없었어."

카르나크가 좀 더 세심하게 짚어 보았다.

"못 보던 물건이 방에 놓여 있다거나, 낯선 이가 주위를 얼씬거리거나 하지는 않았습니까?"

"그에 대해선 자신 있게 답할 수 있지."

굳이 사령술이 아니더라도 로이드 왕자는 처소 방비에 대해 항시 신경을 썼다. 알포드와 알력이 깊으니 언제 독살 등을 시도할지 모르는 것이다.

"비단 내 처소뿐 아니라 왕궁 전역엔 강력한 마법과 신성술의 결계가 펼쳐져 있네. 그래서 도무지 이해가 안 가. 사령술이란 게 이렇게나 강력한 수법인가?"

"······그 부분은 저도 좀 이해하기 어렵군요."

맞장구치는 카르나크를 보며 세라티가 몰래 물었다.

[실제론 뭐예요?]

[몰라. 진짜로 이해를 못 하겠다.]

[어머, 일부러 모른 척하시는 거 아니었어요?]

[사령술이라고 만능은 아냐. 이 정도 술법을 펼치려면 그에 걸맞은 준비가 갖춰져야 한다고.]

온갖 방비가 다 되어 있는 일국의 왕궁을 들어가지도 않고 원거리에서 척척 사령술을 건다?

[저게 가능하면 내가 전생 때 그 고생 안 했겠지?]

[카르나크 님이 전생 때 뭔 고생을 했는지 제가 어떻게 알아요?]

[말이 그렇다는 거지, 뭘.]

세라티의 핀잔을 뒤로한 채 카르나크는 고민에 빠졌다.

몇 달 전, 트리스트 시티 사건이 떠오른 탓이었다.

'가만있자, 이건 또 뭐지? 또 내가 모르는 수법이 튀어나온 건가?'

로이드가 다시 설명을 이어 가기 시작했다.

"……그렇게 난 잠에 들었고, 다시 눈을 뜨니 주위가 완전히 바뀌어 있더군."

눈을 떴을 때 처음으로 느낀 위화감은 컨디션이었다.

'뭐지? 왜 이렇게 기분이 좋지?'

기상과 동시에 느껴져야 할 두통이 없었다. 항상 고통스럽던 열도 느껴지지 않았다. 삐걱대던 관절도 기이할 정도로 편안했다.

의아해하며 로이드는 몸을 일으키려 했다. 그리고 순간 움찔거렸다.

'어?'

전신이 밧줄로 묶여 있다. 덕분에 평소처럼 자연스럽게 일어날 수가 없었다.

경각심이 든 로이드는 재빨리 전신을 살폈다. 그리고 다시 한번 의아해했다.

'이거 누구 팔이야?'

두툼한 근육질, 잘 갈라진 전완근이 보기만 해도 사내다워 보이는 팔뚝이었다.

젊은 처녀와 비교해도 차이를 찾기 힘들었던 자신의 팔이 아니었다.

아니, 지금 이게 문제가 아니다.

'여긴 대체 어디지?'

분명 자신의 방, 자신의 침대에서 눈을 감았는데 지금은 웬 정체불명의 공간에서 눈을 뜬 것이다.

로이드는 허겁지겁 주위를 살폈다.

작은 석실이었다.

아무 가구도 없는 평범하고 어두운 석실.

마법 조명 아래 기이한 붉은 마법진이 바닥에 그려져 있었고 자신은 그 한가운데 앉아 있다.

그리고 그 너머로 보이는 3명의, 얼굴을 가린 검은 로브의 사내들.

사내 중 1명이 음험한 목소리를 흘렸다.

"기침하셨습니까, 로이드 왕자님."

단어는 정중하지만 어투에 조롱이 가득하다.

로이드는 침착하게 사내들을 바라보았다.

"모르는 장소에, 모르는 이들이로군."

충분히 당황스러운 상황이었지만, 그런 내색을 할 순 없다.

"좋은 재주를 지녔구나. 왕궁 깊숙한 곳에서 일국의 왕자를 납치했단 말인가?"

과장스레 자신을 훑어보며 로이드가 말을 이었다.

"심지어 납치한 뒤, 내 몸에 이상한 짓도 한 모양이군. 내 팔은 이리 굵지 않고, 내 몸도 이리 두껍지 않다."

그 반응에 다른 사내가 혀를 찼다.

"정말 침착하시군요. 최소한의 당혹 정도는 내비칠 줄 알았는데."

서늘한 눈빛을 보이며 로이드가 물었다.

"그래, 내게 무슨 짓을 한 거냐?"

사내가 허공에 손을 저었다.

"보여 드리지요."

마법적인 빛의 거울이 허공에 생성되어 로이드를 비췄다.

거울을 바라본 로이드의 안색이 창백하게 굳었다.

"……알포드?"

순간 동생이 그 자리에 앉아 있는 줄 알았다.

하지만 묶여 있는 모습이며 표정 등을 통해 이내 상황을 파악했다.

저 '알포드'가 바로 로이드 자신이다!

아무리 침착한 성품인 그라도 순간 멍해질 수밖에 없었다.

검은 로브의 사내가 말을 이었다.

"왕자님과 알포드 전하의 육신을 서로 뒤바꿨습니다. 위대하신 테스라낙의 권능으로 말미암은 일이지요, 후후후후."

테스라낙이란 이름은 로이드도 익히 들어 온 바가 있다.

그의 두 눈에 경악이 떠올랐다.

"……사교도!"

＊

'음? 좀 이상한데?'

설명을 듣다 말고 세라티는 의아해했다.

'굳이 마법의 거울을 만들어서 왕자의 현재 모습을 보여 주고, 심지어 묻지도 않은 상황까지 먼저 알려 주었다고? 원래 사령술사란 종자들은 저렇게 말이 많나?'

사교도들은 묶인 로이드를 끌고 석실 밖으로 나섰다.

지하실을 벗어나 복도로 이동해 위로 올라간다.

눈치를 보며 로이드가 이런저런 질문을 던졌다.

"무슨 속셈이냐?"

"알포드에겐 무슨 짓을 한 거지?"

"일국의 왕자에게 이런 짓을 하고도 무사히 넘어갈 수 있을 것 같은가?"

대답은 없었다.

조금 전 장황하게 사정을 설명할 때와는 정반대, 시종일관 침묵으로만 일관할 뿐이었다.

그렇게 맥없이 끌려가던 중이었다.

문득 실소가 흘러나왔다.

'이거 참, 편하군.'

밧줄로 꽁꽁 묶인 채 소처럼 끌려가고 있는데 편하다? 말도 안 되는 소리여야 했다.

그런데 진짜로 편하다.

그냥 고통 자체가 없다. 두 발이 너무나 가볍고, 육신이 너무도 쉽게 움직인다.

'하긴, 생각해 보면 깨어났을 때도 그랬지.'

푹신한 침구에서 편안한 잠옷 차림으로 잠들었던 그였다.

하지만 깨어났을 땐 거추장스러운 일상복에 두 팔은 꽁꽁 묶인 상태, 심지어 차가운 돌바닥에 엎어져 있었지.

그런데도 그 어느 때보다 편안하고 상쾌한 기분으로 눈을 떴다.

'그러니까, 알포드 녀석은 항상 이렇게 살고 있었단 말이지?'

자신의 원래 육체가 얼마나 엉망이었는지 새삼 실감이 든다.

그렇게 저택 2층으로 올라가니 한 무리의 사내들이 기다리고 있었다. 개중 아는 얼굴이 있어 로이드가 인상을 썼다.

"세바스티안 경."

알포드 왕자의 심복 중 1명이었다.

"의외군. 설마 자네가 알포드를 배신했을 줄이야."

세바스티안이 픕, 하고 웃었다. 얼토당토않은 소리를 들었다는 표정이었다.

"제가 알포드 전하를 배신했다고 생각하시는 겁니까?"

"그렇지 않고서야 왜 알포드를 내 고물 같은 몸에 집어넣었단 말인가?"

"하긴, 그렇게 보인다는 점은 부인할 수 없겠군요."

그 반응에 로이드는 내심 미소를 지었다.

이걸로 일단 알포드가 이 상황을 주도했다는 걸 확인했다.

여전히 이해는 가지 않지만.

'그 녀석이 내 몸을 차지해서 대체 무슨 이득이 있다는 거지?'

세바스티안이 등 뒤의 사내들에게 손짓을 했다.

복도 한쪽의 두꺼운 방문이 열렸다.

내부는 화려한 침실이었다.

일국의 왕자가 거하기에 충분히 편안하고 안락한 공간.

차이점이 있다면 모든 창문에 두꺼운 쇠창살이 설치되어 있다는 것뿐이다.

"들어가시지요."

이런 상황에서 반항해 봐야 아무런 의미가 없다. 순순히 따르며 로이드가 한마디 던졌다.

"대체 내게서 뭘 원하는 건가?"

사교도들과 달리, 세바스티안에게선 대꾸가 돌아왔다.

"원하는 것 말입니까?"

방에 들어선 로이드를 향해 그가 고개를 저었다.

"딱히 없습니다."

사내들이 로이드를 묶은 밧줄을 도로 끌렀다.

아무래도 계속 묶은 채로 놔둘 생각은 아닌 듯했다.

"왕자님은 그냥 몸 건강히, 얌전히 이곳에 계셔 주시기만 하면 됩니다."

두꺼운 방문이 굳게 닫히고 잠금 소리가 울려 퍼졌다.

꿈

카르나크 일행을 둘러보며 로이드는 말을 이었다.

"방에 갇힌 뒤 난 우선적으로 해야 할 일부터 했네."

감금된 자가 당연히 해야 할 일, 그건 바로 탈출할 방법을 찾는 것이다.

"창문에 설치된 창살도 흔들어 보고 방 구석구석을 살피고 방문도 훑어보았다네. 두 팔을 풀어 주었으니 그리 어렵지도 않았지."

그리고 대부분의 감금된 자들과 같은 결론에 도달했다.

"딱히 탈출할 방법은 없더군. 예상했던 터라 실망하진 않았네만."

실은 실망보단 환희가 더 컸다.

"육체를 빼앗기고 정체불명의 장소에 갇힌 사람이 할 소린 아니겠지만……."

부실한 육체라는 감옥에 내내 갇혀 있다가 알포드의 몸을 손에 넣었다.

단순히 방 안을 서성대는 것만으로도 자유란 게 무엇인지 실감할 정도였다.

"솔직히 말하면 이대로 그냥 육체가 바뀐 상태로 지냈으면 좋겠다고 생각할 정도였어."

대우도 나쁘지 않았다.

딱히 묶어 놓은 것도 아니고, 침대도 푹신했고, 갇혀 있는 동안 심심할까 봐 볼만한 서적들도 따로 비치해 놓았다.

"식사 역시 일국의 왕자가 먹을 법한 최고급이었다네."

같은 왕자인데도 로이드는 평생 먹어 보지 못한 맛난 음식들이었다.

"돈이 없거나 차별을 받아서가 아니라, 너무 자극이 강한 음식은 먹으면 바로 탈이 났거든."

맵고 짜고 단 음식이란 게 얼마나 행복감을 가져다주는지 난생처음 경험했다.

잠시 허공을 바라보며 로이드가 아련한 표정을 지었다.

"아, 진짜 그땐 좋았는데."

카르나크와 바로스가 진심을 담아 고개를 끄덕였다.

"아, 그럴 수 있죠."

"충분히 이해가 됩니다."

"……그걸 왜 자네들이 이해를 하나?"

잠시 의아해했지만, 로이드는 다시 설명을 이었다.

"그 이후로는 아무 접촉이 없었다네. 매 끼니마다 식사를 가져다줄 뿐이었지."

식사 때만 열리는 두꺼운 방문.

갇힌 로이드가 탈출하려면 그때가 유일한 기회일 것이다.

하지만 상황이 여의치 않았다.

세바스티안도 바보는 아니라 하녀가 식사를 가져올 때마다 중무장한 일류 기사 4명이 동행했다.

알포드 본인이라도 일대일로 이길 수 없는 정예 중의 정예였다.

그런 이들이 서슬 퍼런 눈으로 감시하고 있으니 식사 때라고 어떻게 손을 쓰긴 어렵다.

"어, 그럼……."

이야기를 듣다 말고 세라티는 의아해했다.

지금 로이드는 분명 저택을 탈출해서 자신들의 눈앞에 이렇게 앉아 있다.

"대체 어떻게 탈출하신 거예요?"

"그게 말이지……."

로이드 왕자가 어이없어하며 웃었다.

"그 친구들이 심각하게 오해한 부분이 있더라고."

방 안에 갇힌 채 로이드는 차분히 상황을 정리해 보았다.

'일단 현 상황에서 내가 아는 것부터 파악하자.'

알포드가 대체 무엇을 꾸미고 있는지 현시점에선 알 방법이 없다.

확실한 건 둘의 육체가 바뀌었다는 것, 그리고 로이드 자신이 감금된 상태란 것이다.

'당장 죽이지 않는다는 건, 내가 살아 있어야 할 이유가 있다는 소리.'

주위 환경을 보면 더욱 확신이 간다.

감옥이라기엔 지나치게 안락한, 철저하게 미리 마련해 놓은 공간이었다. 식사도 최상급이고 화장실도 방과 붙어 있어 품위 있게 용변을 처리할 수 있었다.

적어도 알포드의 '육체'를 굉장히 신경 쓰고 있다는 점은 명백했다.

'무심코 건강에 신경을 쓴 것도 그렇고 말이지.'

그렇다면 식사 때를 이용해 탈출을 꾀할 수 있지 않을까?

'어쨌거나 상대는 이 육체를 해하지 못할 테니 그 허점을 이용해서…….'

허황된 이야기였다.

이 말은 곧, 일개 병사조차 상대하지 못하던 로이드가 알포드 본인이라도 상대하지 못할 일류 기사 4명을 모조리 제압하고, 저택 곳곳에 있을 경비들까지 모조리 처리한 뒤, 여기가 어디인지도 모르는 저택에서 빠져나가 놈들의 손아귀에서 벗어난다는 소리가 아닌가?

"말도 안 되지."

허탈해하며 로이드는 습관적으로 몸을 풀었다.

워낙 엉망인 육체의 소유자이다 보니, 수시로 관절이며 근육을 풀어 주지 않으면 몸이 제대로 움직이지 않았던 탓이다.

그러던 중이었다.

단순히 몸을 풀 뿐인데, 놀라울 정도의 활기와 기력이 전신을 통해 느껴진다.

"어라?"

순간 로이드가 눈을 깜빡였다.

"……되겠는데?"

———※———

알포드 왕자는 분명 뛰어난 무재를 지니고 있었다. 스물도 채 되지 않은 나이에 일류 기사와 맞먹는 기량을 보인다는 건 보통 재능이 아니다.

그러나 이는 반대로 말하면, 그래 봤자 일류 기사 1명분의 실력에 불과하다는 소리도 된다.

하물며 지금 알포드의 몸속에 들어가 있는 이는 제1왕자 로이드, 무재라곤 눈곱만큼도 없는 둔재에 불과했다. 그냥 평범한 병사 2~3명만 있어도 충분히 제압할 수 있는 상황이었다.

그럼에도 세바스티안은 휘하 기사들 중 가장 뛰어난 이들을 골라 감시자로 붙였다.

워낙 사안이 중대한 만큼 만일의 사태까지 대비해 과할 정도로 경계를 한 것이었다.

하나하나가 알포드보다 월등히 강한 자들, 그런 이들을 무려 넷이나 붙였으니 누구라도 대비가 허술했다고 탓하진 못하리라.

하지만 지금 그 4명의 기사들은 시체처럼 바닥에 쓰러져 있었다.

"아으……."

"으으으……."

순식간에 일어난 일이었다.

식사를 받아 든 로이드가 갑작스레 뛰어오르며 선두에 선 기사의 목에 수도로 일격, 너무도 정확하게 급소를 강타당해 무릎이 풀릴 때 바로 허리춤의 검을 빼앗아 갔다.

이후 이어지는 섬전 같은 연격.

물론 기사들도 곧바로 대응했지만 로이드의 검이 더 빨랐다.

세밀하게, 정교하게, 모든 공격이 정확한 타이밍에 정확한 목표를 향해 날아들었고, 기사들은 그 공세를 감당하지 못했다.

흐릿해지는 의식 속에서 기사 1명이 믿을 수 없다는 표정을 지었다.

'어떻게…… 알포드 왕자님 본인도 이 정도로 강하진 않았는데…….'

호흡을 고르며 로이드가 고개를 저었다.

"자네들은 내 원래 육체가 얼마나 부실했는지 전혀 몰랐던 모양이군."

분명 그는 심각할 정도의 약자였다.

최고의 스승 밑에서 최고의 검술을 배웠음에도 일개 병사 하나 상대하는 것이 고작일 정도로.

그런데 이것이, 정녕 무재가 없다는 증거일까?

오히려 반대다.

최고의 스승 밑에서 최고의 검술을 배워, '그 쓰레기 같은 몸'으로 무려 '일반 병사'와 맞먹는 무위를 보였다.

최소한의 힘과 최소한의 움직임, 오로지 수 싸움과 기술만으로 압도적인 체력과 기력, 근력의 격차를 이겨 낸 것이다.

그런 로이드가 멀쩡한, 심지어 강인하기까지 한 육체를 손에 넣으면 어떻게 되겠는가?

"알포드 이 자식, 이런 축복받은 몸으로 그것밖에 못했던 거야? 너무 게으름 피운 거 아냐?"

혀를 차는 로이드의 뒤에서 공포에 질린 하녀의 신음이 들려왔다.

"아, 아아……."

빙그레 웃으며 그는 방문을 나섰다.

"걱정 마라. 그대를 해하진 않을 것이다."

굳이 하녀까지 해칠 필요가 없었다.

"그냥 한동안 여기 갇혀 있어 주기만 하면 된다. 다행히 가둬 놓기도 쉽군. 애초에 가둬 놓으려고 만든 곳이니."

━━❈━━

"예상외로, 그 이후엔 쉽게 저택을 빠져나올 수 있었다네."

철통같은 감시망이 펼쳐져 있을 거란 로이드의 예상은 틀렸다.

당연히 곳곳에 경비가 있긴 있었지만, 다들 그를 보고도 붙잡으려 하질 않았다.

"그냥 경례만 착실히 올리더라고."

그때 깨달았다.

"생각해 보니 내 상황을 일반 병사들에게까지 알렸을 리가 없더군. 무려 사교단이 개입된 사건 아닌가?"

경비들 눈에 여전히 그는 알포드 왕자일 뿐이었다.

그래서 그냥 적당히 산책 좀 하겠다며 당당히 정원으로 향했다.

물론 저택을 완전히 벗어날 순 없었다.

"진짜 알포드 본인이라도 홀로 외부로 내보내 주진 않을 테니 말이야."

로이드도 왕자인지라 상황을 뻔히 안다.

위험하다며 호위를 붙이려 할 것이고, 그럼 상부에도 연락이 갈 것이며, 그럼 세바스티안이 기사들을 대동해 쫓아오겠지.

"그래서 눈치껏 사람 없는 곳을 노린 뒤 담을 넘었다네."

그렇게 운 좋게 저택에서 탈출하는 데는 성공했다.

하지만 곧바로 왕궁으로 돌아가기엔 위험 요소가 너무 많았다.

그 정도는 2왕자 측도 짐작하고 있을 것이다. 분명 길목부터 장악할 테고, 채 왕궁에 도착하기도 전에 도로 붙잡힐 가능성이 높다.

그렇다고 다른 심복들을 찾기도 애매했다.

사교도들에 의해 육체가 바뀌었다는 말을 믿어 줄 거란 확신이 없는 것이다.

만약 믿지 않는다면?

알포드의 몸으로 홀로 로이드의 세력에 떨어진 꼴이 된다.

아무리 적이라 해도 일국의 왕자인데 설마하니 대뜸 죽여 버리기야 하겠냐 싶지만…….

"아니라고 단정 짓기엔 워낙 암투가 길지 않았나?"

무려 10년이 넘도록 서로의 목을 노리던 사이였다.

멋대로 저지른 뒤 사후 보고를 올리는 것을 진정한 충성이라 생각하는 심복이 없다고 과연 장담할 수 있을까?

"실제로 비슷한 경우가 없었던 것도 아니고."

무릇 목숨이란 함부로 도박에 걸 물건이 아니다.

"전례가 없던 상황이라 대체 뭘 어찌해야 할지 판단이 서지 않더군."

그때 떠올린 것이 킹스 오더였다.

"사령술에 익숙한 이들이라면 말이 통하리라 기대했지. 적들이 내 움직임을 예상할 가능성도 적을 것이고."

그래서 친필 서한을 작성해 몰래 에란텔 단장에게 보냈다.

로이드와는 기존의 친분이 있었으니, 필적을 충분히 알아보리라 생각했다.

"단지 여기서 예상 못 한 문제점이 있더군. 난 분명 평소대로 글씨를 썼는데 알포드의 필적이 나와 버렸어."

아무래도 필적이나 습관은 영혼이 아니라 육체에 종속되는 모양이었다.

"그래도 원래 내 필적이잖나? 연습 좀 하고 나니 도로 원래 필체를 구사할 수 있었다네."

본인의 필적을 본인이 위조하는 것도 꽤나 신기한 경험이었다며 로이드 왕자는 너스레를 떨었다.

이후 슬럼가에 몸을 숨긴 채 답변을 기다렸다. 그리고 사흘 뒤, 카르나크 일행과 만난 것이다.

"이것이 지난 닷새간의 행적일세."

설명을 마치며 로이드가 눈을 가늘게 떴다.

"다행히 자네들과 접선했으니 이제 묻고 싶군."

사령술사들을 전문적으로 상대해 본 킹스 오더라면 잘 알고 있을 터다.

"이제 내가 어떻게 움직여야 하겠는가?"

적절한 미끼

유스틸 왕국 수도 드룬타 교외의 한 저택.

알포드 왕자의 추종 세력인 에드란 백작가의 거처로, 로이드 왕자를 놓친 세바스티안이 새로 마련한 아지트였다. 위치가 들통난 이상 계속 같은 곳에 머무를 수는 없으니까.

저택 집무실에서 세바스티안은 머리를 감싸 쥐고 있었다.

"이를 어쩌면 좋단 말인가……."

가용 인원을 모두 풀어 로이드 왕자, 정확히는 알포드 왕자의 육신을 찾기 위해 전력을 다했다. 수도의 모험가 길드를 통해 우회적으로 정보도 모았다.

하지만 여전히 아무런 성과가 없는 것이다.

좌절한 세바스티안이 신경질적으로 손톱을 씹어 댔다.

"벌써 휘하 세력과 접선한 건가? 그래서 모습을 감췄나? 그럼 일이 진짜 곤란하게 되는데⋯⋯."

혼잣말을 하는 그의 맞은편에 3명의 사내들이 앉아 있었다.

평소의 검은 로브 차림이 아니라 일반인처럼 보이지만, 검은 신의 교단이 보낸 사령술사들이었다.

개중 50대 사내가 차분히 입을 열었다. 사령술사들의 우두머리, 데츠라스였다.

"왕궁과 탈라인 후작가 쪽은 이미 확인하지 않았나?"

양쪽 모두 오래전부터 첩자들을 박아 두었다. 그러니 적어도 로이드 왕자가 왕궁이나 자신의 외가로 향하지 않았다는 건 확실하다.

세바스티안이 퉁명스레 반문했다.

"하지만 다른 수하들을 찾았을 가능성까지 배제하진 못하지 않소?"

알포드 왕자에게 대외적으로 드러나지 않은 수하들이 있듯, 로이드 왕자 역시 마찬가지다.

그 모든 세력에 전부 첩자를 투입시킬 순 없는 것이다.

애초에 그게 가능하려면 세력 격차가 엄청나게 커야 하는데, 그럼 암투가 10년 넘게 지속되었을 리도 없다. 끝나도 진작 끝났겠지.

데츠라스가 고개를 저었다.

"그렇다 해도 그렇게까지 큰 문제는 아니지 않나?"

다른 사령술사들도 동의하며 입을 열었다.

"로이드 왕자가 수하들과 접선했다면 분명 다른 움직임이 있을 테니, 그에 맞춰 대응하면 됩니다."

"중요한 건 정해진 시간에, 정해진 장소에서 온전한 알포드 왕자님의 육신을 모시는 일이지요. 아직 기회는 있습니다."

그러자 세바스티안이 답답하다는 표정을 지었다.

"그러니까, 그건 전부 로이드 왕자의 육체가 바뀌었다는 말을 남들이 믿을 때의 이야기가 아니오?"

저들은 진짜 문제를 전혀 이해하지 못하고 있었다.

"애초에 믿지 않을 때가 제일 문제라니까!"

종말의 어둠이 내린 지 고작 몇 년이 지났을 뿐이다. 아직 세상은 사령술이란 존재에 익숙하지 않다.

당장 세바스티안 본인만 해도 그렇다.

어느 날 갑자기 로이드 왕자가 찾아와서 '난 사실 알포드 왕자다. 로이드와 육체가 뒤바뀌었을 뿐이다!'라고 한다면?

"로이드 왕자가 미쳤거나, 뭔가 다른 속셈이 있다고 여겼겠지. 적어도 저 상황 자체는 절대 믿지 않았을 거요."

그러고 나면 어찌했을까?

기회만 오면 죽이려 혈안이 되었던 목표가 홀로, 은밀하게 손에 떨어진 셈이다.

"처리할 더없이 좋은 기회지."

사령술사들이 당황해 서로를 바라보았다.

"아니, 그럼 바로 죽여 버릴 거란 말입니까?"

"아무리 그래도 그렇지, 일국의 왕자인데?"

한심하다는 듯 세바스티안이 사령술사들을 바라보았다.

"우린 이미 10년 넘게 서로의 왕자를 죽이려 했소. 이번이 처음이 아니란 말이지."

"그래도 정말일 가능성도 있지 않습니까? 그 정도 의심도 안 한다고요?"

"그러니까 그건 당신들이 사령술사라서 하는 생각이고."

세바스티안조차도 저들을 만난 후에야 육체와 영혼이 바뀔 수도 있다는 사실을 알았다.

"그 전까진 그런 일이 가능할 거라 생각해 본 적도 없소."

"어찌 그럴 수가 있소? 저잣거리 영웅담 중에도 간혹 비슷한 이야기가 있는데."

"귀족인 내가 그딴 천박한 물건을 읽었을 것 같나?"

그리고 로이드 왕자의 심복들 또한 대부분 귀족이다.

"허, 그런 문제가……."

사령술사들의 안색이 딱딱하게 굳었다.

이래서야 정말 로이드 왕자가 자기 수하들 손에 의해 죽어 버릴 가능성도 있는 것이다.

"다행인 점은 아직 그런 일이 벌어지진 않았다는 것이군."

데츠라스가 오른손을 들었다. 손가락 사이로 희미한 검은 기류가 일렁이다 사라졌다.

"소울 체인질링은 여전히 유지되고 있다. 두 왕자의 육체가 멀쩡히 살아 숨 쉬고 있다는 증거지."

하지만 앞으로도 무사할 거란 보장은 어디에도 없다.

"정말 사령술로 왕자님의 육체를 찾을 방법은 전혀 없소?"

세바스티안의 질문은 지난 며칠간 몇 번이나 들어 온 것이었다. 그래서 사령술사들도 몇 번이나 했던 대답을 반복했다.

"그런 방법이 있었다면 이미 행했겠지요."

수많은 마법사와 성직자, 심지어 대사령술 전문 조직인 킹스 오더까지 혼재하는 수도 드룬타에서 벌인 일이었다.

그런 만큼 은밀함에 사활을 걸었으니, 사령술을 건 본인들이라도 술법의 흔적을 찾을 방법이 없다. 그 정도는 되어야 들키지 않는 것이다.

세바스티안이 재차 머리를 감쌌다.

"역시 너무 위험한 짓이었어. 왕자님을 말렸어야 했는데."

데츠라스가 혀를 찼다.

"원래대로라면 그렇게 위험한 일은 아니었지. 설마 그대들이 그렇게나 무능할 거라곤 상상 못 했을 뿐."

"……지금 뭐라고 했소?"

"내가 틀린 말이라도 했나? 기껏 잡아다 준 사냥감을 멍청하게 놓친 게 누구지?"

세바스티안의 이마에 핏줄이 섰다.

분위기가 험악해지자 다른 사령술사들이 둘을 말렸다.

"두 분 다 진정하시지요."

"아직 실패한 건 아닙니다. 의식 전까지만 해결하면 됩니다."

"최악의 경우라도 두 분의 영혼이 원래 육체로 돌아갈 뿐."

"물론 그 경우엔 알포드 왕자님께서 저희와 손을 잡았다는 사실이 들통날 테니 결코 좌시할 일은 아닙니다만……."

"왕자의 목숨에는 지장이 없습니다."

애써 흥분을 억누르며 세바스티안은 한숨을 내쉬었다.

"어쨌든 빨리 로이드 왕자를 찾아야 하오. 그것이 최선이니."

　　　　　　　　　※

카르나크 일행이 로이드 왕자와 접선한 지 사흘째.

왕자는 카르나크가 따로 마련한 은신처에 숨어 있었다. 드룬타의 슬럼가에 위치한 허름한 가옥이었다.

"고귀하신 분을 이런 곳에 모셔서 송구스럽군요."

세라티가 미안해했지만 로이드는 개의치 않았다.

"신경 쓰지 말게. 딱히 불편하진 않으니까."

빈말이 아니었다. 정말 그는 별 불편함을 느끼지 못하고 있었다.

왕궁의 비단 금침 대신 짚을 채워 넣은 조악한 이불, 세심하게 영양을 신경 쓴 호사스러운 왕실 요리 대신 저잣거리 평민들이 먹는 일반적인 식사.

왕자인 그에겐 분명 난생처음 겪는 혹독함이어야 하겠지만……

"웃기는 이야기지만, 내 평생 요즘처럼 안락하게 지낸 적이 없거든."

가볍게 윙크하며 로이드는 손에 쥔 빵 조각을 맛나게 씹었다.

"아무리 환경이 극상이면 뭘 하겠나? 육체가 최악이었는데."

그냥 빵이었다. 투박하고 거친 흑빵.

하지만 지금의 그에겐 이 거친 빵을 돌처럼 씹을 수 있는 강인한 이빨과 잇몸이 있는 것이다! 게다가 무려 소금도 칠 수 있어!

"탈출한 뒤 누더기 뒤집어쓰고 뒷골목에 쪼그려 앉아 잔 적이 있었지. 그때조차도 왕궁에 있을 때보다 편했다네."

세라티가 안쓰러워하며 말했다.

"진짜 몸이 엉망이셨던 모양이군요."

"멀쩡한 몸을 가진 인간들은 멀쩡하지 않은 몸이 얼마나 고달픈지 잘 모르는 법이거든."

　반면 카르나크와 바로스는 깊은 공감을 보였다.

　"그렇죠."

　"당해 봐야 알죠, 그거."

　"……그러니까 왜 자네들은 이해를 하는 거냐고."

　혀를 차며 로이드가 화제를 바꿨다.

　"그래, 어찌 되었나?"

　사흘 전 왕자는 물었다.

　앞으로 어떻게 움직여야 하느냐고.

　어떻게 해야 하는지를 물은 게 아니다. 이건 이미 명확한 답이 있으니까.

　이런 짓을 저지른 사교도들부터 붙잡아야 한다. 죽이건 생포하건 간에 저놈들을 확보하는 게 최우선이다.

　굳이 카르나크에게 물어볼 필요도 없는 문제다.

　어떻게 해야 사교도들을 붙잡을 수 있을지가 관건인 것이다.

　그래서 카르나크는 킹스 오더 대대원들을 부려 로이드가 탈출했던 저택부터 탐색했다.

　아쉽게도 결과는 예상했던 대로였지만.

　"사령술사들도, 세바스티안 경과 그 수하들도 모조리 자취를 감춘 후입니다."

　로이드도 별로 실망하지는 않았다.

사령왕
카르나크

"바보가 아닌 이상 그곳에 계속 머무를 리가 없겠지. 그럼 이제 어쩔 텐가? 킹스 오더를 풀어 사교도 탐색에 들어갈 건가?"

"그게 정석이긴 합니다만, 현 상황에는 맞지 않습니다."

여태 킹스 오더가 활동해 온 지방 영지가 아니라 일국의 수도가 배경이다.

탐색해야 할 범위가 너무 넓다. 관련된 귀족들도 너무 많다.

아무리 킹스 오더라도 명확한 근거도 없이 관련된 고위 귀족가를 모조리 들쑤시고 다닐 순 없는 것이다.

"은밀하게 탐색을 이어 가는 건 불가능하지 않겠지만 시간이 너무 오래 걸립니다. 알포드 왕자의 계획이 뭔지도 모르는데 그렇게 시간을 허비할 순 없지요."

로이드가 한숨을 쉬었다.

"결국 방법은 하나뿐인가."

이쪽에서 찾을 방법이 없다면, 저쪽이 찾아오게 만드는 수밖에.

"좋아, 내가 미끼가 되겠다. 그럼 놈들이 다시 모습을 드러내지 않겠나?"

카르나크가 퉁명스레 대꾸했다.

"아, 그건 당연한 거고요."

"……애초에 날 미끼로 쓸 셈이었나?"

"미끼 되신다면서요?"

"내가 자원하는 것과 자네가 시키는 건 이야기가 다르지."

혀를 차며 로이드는 카르나크를 바라보았다.

보아하니, 카르나크는 이미 그를 미끼로 쓸 셈이었던 것 같다. 그럼에도 뭔가 걸리는 점이 있단 소리다.

"문제가 있나?"

"미끼의 종류가 문제입니다."

무릇 낚시를 하려면, 노리는 어종에 걸맞은 미끼를 달아야 하는 법이다.

"분명 왕자님은 좋은 미끼입니다. 알포드 왕자의 수하들은 대거 떡밥을 물겠죠."

고소를 머금은 채 카르나크가 말을 이었다.

"그런데 사령술사들은 아니란 말입니다."

도망쳐 자취를 감춘 로이드 왕자, 정확히는 알포드의 육체가 다시 나타났다. 그렇다면 알포드 왕자 측이 취할 행동은?

"당연히 사람을 풀어 왕자님을 재차 확보하려 하겠죠?"

그런데 여기서 사령술사들이 직접 나설 이유는 전혀 없는 것이다.

어차피 알포드 왕자 측 전력이 충분한데? 굳이 정체가 드러날 위험을 감수할 리 없다.

"같은 이유로 왕자님이 킹스 오더와 손잡았다는 게 알려져도 곤란합니다."

사령왕
카르나크

킹스 오더는 사교도 전문 대응 기관이다. 사령술사를 상대하는 것에 특화된 조직이란 의미다.

"킹스 오더 상대로는 사령술사보다 오히려 알포드 왕자의 기존 전력이 훨씬 효과적입니다. 당연히 사교도들은 움직이지 않겠죠."

그래서 저택 탐색 정도의 은밀한 임무는 킹스 오더를 투입할 수 있었지만 로이드 왕자의 호위 같은 직접적인 임무를 맡길 순 없었던 것이다.

"사교도 놈들이 직접 나서지 않더라도 습격한 놈들을 붙잡아 심문하면 추가 정보를 얻을 수 있지 않을까?"

"실행 부대가 그런 은밀한 사항까지 알고 있을 가능성은 희박합니다."

굳이 두 왕자의 현 상태를 일일이 밝힐 필요도 없다.

그냥 알포드 왕자가 납치되었으니 구출하라고만 하면 된다.

"마법으로 세뇌된 탓에 지금의 왕자님은 제정신이 아니다, 뭐라 하건 무시하고 일단 모셔 와라, 뭐 대충 이렇게 하면 별문제도 안 생기지요."

로이드는 눈살을 찌푸렸다.

"그럼 방법이 없단 소리가 아닌가?"

평범한 병사나 기사가 상대라면, 저쪽도 똑같이 평범한 병사나 기사를 동원하는 게 낫다.

킹스 오더가 상대라면, 더더욱 평범한 병사나 기사를 동원하는 게 낫다.

"자네 말대로라면, 무슨 짓을 해도 사교도들은 직접 움직일 이유가 없는데."

"네, 그래서……."

카르나크가 야릇한 미소를 지었다.

"적합한 미끼를 추가로 달아 줄 생각입니다."

로이드 왕자를 놓치고 이레째.

하루하루 피가 마르는 기분을 느끼던 세바스티안에게 드디어 고대하던 소식이 왔다.

"왕자님을 찾았나?"

수도 드룬타 서쪽의 달레인 거리 근처에서 알포드로 추정되는 인상착의의 사내를 발견한 것이다.

"달레인 거리라면…… 론티움 자작가가 위치한 곳이군."

론티움 자작가는 로이드 왕자의 오랜 지지 세력 중 하나.

"그쪽과 접촉했나?"

보고 중이던 부하가 고개를 저었다.

"그런 것 같진 않았습니다."

왕자는 허름한 부랑자 차림으로 뒷골목을 전전하는 중이었다. 자작가 근처를 맴돌며 기회를 엿보는 중이란 의미다.

납득할 수 있었다.

함부로 정체 드러냈다가 자기 부하에게 죽을지도 모른다는, 세바스티안도 생각할 수 있는 걸 로이드 왕자 본인이 모를 리 없겠지.

태어날 때부터 암투에 시달려 온 인생이니 그 정도 조심성은 당연히 지니고 있으리라.

어쨌건 실로 다행스러운 일이다.

아직 실패를 수습할 기회가 있는 것이다.

"홍염단을 보내라."

홍염단은 기사가 아니었다. 하지만 상황에 따라선 기사 못지않은 전력이 되는 이들이기도 했다.

무릇 기사란 갑옷 입고 말 타고 전장에 나가 싸우는 이들을 뜻한다. 하지만 전투란 게 무조건 전쟁터에서만 일어나진 않는다.

납치, 감금, 요인 암살 및 소규모의 시가지 전투 등에선 기사보다 강한 이들도 얼마든지 있다. 모험가들이나 뒷골목의 도적 길드원처럼.

10년 넘게 암투를 지속해 온 알포드 왕자에겐 기사 못지않게 저런 전력 역시 필수였다.

그래서 비밀리에 수족처럼 움직일 친위대, 홍염단을 따로 양성한 것이다.

최대한 소란을 피우지 않고 알포드 왕자의 육신을 확보하는 데 저들만 한 인재도 없으리라.

오랜만에 세바스티안의 얼굴에 안도의 미소가 떠올랐다.

"이제야 왕자님을 모셔 올 수 있겠군."

해가 저문, 어둠이 짙게 깔린 달레인 거리.

인적 드문 도로 위로 20명의 사내가 움직이고 있었다.

겉으론 평범한 복장이었지만 드러나지 않게 온갖 무장을 갖춘 이들이었다.

자연스럽게 거리를 걸으며 사내 중 1명이 물었다.

"정말 이래도 되는 겁니까?"

홍염단의 일원으로 온갖 은밀한 임무를 수행해 온 그들이었다. 개중에는 도저히 이해가 가지 않는 임무도 많았다.

그럼에도 이번 명령은 뭔가 좀 이상했다.

알포드 왕자님께서 독, 혹은 마법에 당해 이지를 상실하셨다. 현재 왕자님은 제정신이 아니니 홍염단조차 적으로 인식할 가능성이 크다. 무조건 신병을 확보하는 것에만 집중하라. 목숨에 지장이 생기거나 사지가 잘리는 큰 부상이 아니라면 상처를 입혀도 무방하다.

"왕자님께 상처를 입혀도 무방하다니……."

"아무리 정신이 흐려지셨다지만 그건 좀……."

앞장선 날렵한 체구의 20대 사내가 무뚝뚝하게 대구했다. 홍염단의 단장, 벨라트였다.

"죽거나 사지가 잘리지 않는 한은 신성 치유술로 말끔히 완치된다. 왕자님께 해를 끼치는 건 아니다."

그럼에도 여전히 부하들은 미심쩍어하고 있었다.

벨라트는 난감해했다.

'곤란하군.'

단장인 그는 사정을 알고 있다.

현재 알포드 왕자와 로이드 왕자의 육신이 바뀌었으며, 이는 알포드의 계획이라는 사실을.

하지만 이런 중대한 사안을 부하들에게까지 죄다 알려 줄순 없는 노릇 아닌가?

그러다 보니 이렇게 앞뒤 안 맞는 이상한 명령을 내리게 되었다.

억지로 벨라트가 화제를 돌렸다.

"현재 왕자님의 위치는?"

정찰을 다녀온 부하 1명이 대답했다.

"저 골목 안쪽 어딘가. 출구는 이미 틀어막았으니 놓칠 일은 없을 거요."

"다른 사람들이 붙어 있진 않던가?"

"적어도 제가 확인하기엔 그런 기색은 없었습니다."

"그래도 혹시 모르니 항상 주위를 경계해라."

로이드 왕자가 탈출한 지 시간이 꽤 지났다. 기존의 부하들과는 접촉하지 못했더라도 다른 조력자를 구했을 가능성까지 배제할 순 없다.

"혹시 왕자님께 아군이 있다면 무조건 죽여라. 왕자님께 독을 쓴 자일 가능성이 높다."

다시 한번 사내들이 당황해 물었다.

"그럼 죽이면 안 되는 것 아닙니까?"

"배후를 캐내야 할 텐데요."

옳은 말이었다. 평소라면 저 의견을 전적으로 수용했을 것이다.

'거짓말이란 건 여러모로 피곤하군.'

이럴 때 제일 좋은 건 그냥 윽박지르는 거지.

"쓸데없는 생각은 접어 두고 명령받은 대로만 움직여라! 그것이 우리가 이곳에 온 이유다!"

그제야 홍염단원들은 군말 없이 움직였다.

저마다 거리 곳곳으로 흩어져 뒷골목으로 스며들기 시작한다.

그 모습을 지켜보며 벨라트는 인상을 썼다.

'대체 알포드 왕자님은 왜 사교도 따위와 손을 잡으신 건지…….'

왕자를 찾는 것은 생각보다 쉬웠다.

뒷골목 전체에 삼삼오오 흩어진 홍염단원들, 그중 2명이 골목 한구석에 서 있는 누더기 차림의 사내를 발견했다. 허름한 복색이지만 틀림없이 알포드 왕자였다.

조심스레 단원 1명이 말을 건넸다.

"모시러 왔습니다, 왕자님."

왕자가 무심히 단원들을 노려보더니 물었다.

"내가 알포드 왕자로 보이나?"

단원들의 표정이 굳었다.

'정신이 흐려지셨다더니……'

'사실인 모양이군.'

평소의 알포드 왕자가 아니었다. 말투뿐만이 아니라 미세한 표정이며 눈빛이 전혀 달랐다.

전투태세를 취하며 단원 하나가 정중히 말을 이었다.

"저항하신다면 강제로라도 모시라는 엄명을 받았습니다."

"왕자님을 위한 일입니다. 부디 용서를."

왕자가 빙그레 웃었다.

"해 보게."

"……예?"

"해 보라고."

그때였다.

갑자기 서늘한 바람이 불었다. 등을 타고 차가운 냉기가
스쳐 지나갔다.

'음?'

밤바람이려니 하고 무시하기엔 본능적인 거부감이 든다.

하지만 홍염단원들은 그 이유를 몰랐다.

곧바로 왕자의 등 뒤에서, 기이한 괴음을 내며 희끄무레한
형체가 솟구치기 전까진.

사아아아…….

두 줄기 어둠이 악령이 되어 허공을 미끄러졌다. 단원들의
두 눈이 부릅떠졌다.

"헉!"

"이건 무슨?"

이내 악령들이 단원들을 덮쳐 갔다.

고요하던 뒷골목 위로 끔찍한 비명이 울려 퍼졌다.

"끄아아아악!"

"아아아악!"

☆

뒷골목 곳곳에서 어둠이 흐르고 악령이 날뛴다.

"으아아악!"

"괴, 괴물이!"

아무리 도망쳐도 소용없다.

벽이 열려 촉수를 뻗어 내고, 바닥이 갈라져 시체를 토한다.

들이마시는 공기마저 지독한 탁기로 물들어 있으니, 그저 달리는 것만으로 폐가 얼어붙고 눈물이 말라 간다.

"크, 크으으……."

"으어어……."

뒷골목으로 뛰어든 20명의 홍염단원들, 그들 모두가 맥없이 죽어 가고 있었다.

그리고 이는 홍염단의 단장, 벨라트인들 예외가 아니었다.

으어어어…….

어어어…….

좁디좁은 뒷골목으로 수많은 좀비들이 섬뜩한 신음을 흘리며 다가온다.

앞뒤로 포위된 벨라트와 두 단원들의 안색이 점점 더 창백해진다.

부하들이 애달프게 외쳤다.

"대장!"

"어떻게 해야 합니까?"

벨라트도 답을 줄 수 없었다.

그가 이제껏 받은 수련은 모두 인간을 상대로 한 것이었다.

그가 이제껏 행해 온 임무도 모두 인간을 상대로 한 것이었다.

베면 베이고, 찌르면 찔리고, 피를 흘리면 결국 쓰러지는 적들이었다.

하지만 움직이는 시체가 적이라면? 형체 없는 악령이 목숨을 노려 온다면?

대처법 따위 전혀 모른다.

"뭐야, 이게……."

몰려드는 좀비 떼 속에 파묻히며 벨라트는 절망했다.

'왜 왕자 옆에 사령술사가 있는 거냐고!'

처량한 단말마가 밤하늘 위로 울렸다.

"아아아아악!"

＊

이틀 전, 카르나크는 말했다.

"알포드 왕자와 손잡은 사교도들을 전면으로 나서게 하려면 어떻게 해야 할까요?"

일단 놈들이 왜 나서지 않는지부터 파악해야 한다.

첫 번째는 정체가 들통날 위험 때문에.

두 번째는 굳이 사교도들, 정확히는 사령술사들이 나서야만 할 정도로 상대하기 어려운 적이 없기 때문이다.

"즉, 정체가 들통날 염려가 없으며 사령술사들이 나서야 해결할 수 있을 만한 적을 만들어 주면 되는 거죠."

이에 대한 그의 해답은 일견 어이없는 것이었다.

"이쪽도 사령술사로 상대하면 됩니다."

로이드 왕자의 조력자가 사령술사라면?

똑같이 숨어 사는 신세이니 알포드 측 사교도가 모습을 드러내도 쪼르르 달려가 고발하거나 할 순 없다. 이걸로 첫 번째 문제가 해결된다.

게다가 이쪽 전력이 사령술사라면 알포드의 기존 부하들은 당연히 상대하기 어려울 것이다. 경험해 본 적이 없으니.

그러니 따로 성직자나 마법사를 초빙해 처리해야 하는데, 현 상황이 외부인을 끌어들일 만큼 떳떳하지 않지 않은가?

하지만 사교도들이 직접 나선다면?

똑같이 사령술에 대해 잘 아니 문제없이 상대할 수 있을 것이다.

"무엇보다 사령술사끼리는 서로의 사령력을 빼앗아 자신의 권능을 키울 수 있지요. 당연히 탐욕에 눈이 멀어 뛰어들 겁니다. 자기가 못 먹으면 남이 먹을지도 모르니까요."

로이드가 이해할 수 없다는 표정을 지었다.

얼핏 그럴듯하긴 한데, 저 계획에는 한 가지 전제가 필요하다.

"그 사령술사는 대체 어디서 구하려고? 혹시 킹스 오더에 붙잡아 놓은 사령술사라도 있는 건가?"

"그럴 리가요."

킹스 오더가 사령술사를 몰래 숨겨 두고 있다? 에란텔 단장 같은 고지식한 인간이 그럴 리가 있나?

"하지만 압수한 여러 사악한 물품들은 있거든요."

카르나크는 히죽 웃었다.

좀비? 악령? 온갖 사이한 사령결계?

환상 마법을 이용하면 마법으로도 겉보기엔 흡사하게 만들 수 있다.

마법으로 조종하는 인형에 좀비의 환영을 걸고, 정령 마법에 악령의 환영을 건다거나 하는 식으로.

하지만 어지간한 이들이라면 이 정도로 속지 않는다.

사령술을 펼칠 때 필연적으로 따라오는 지독한 사기와 탁기 때문이다.

문외한이라도 바로 알아차리는, 생명체라면 무조건 느낄 수밖에 없는 본능적인 공포와 거부감이 문제인 것이다.

"그러니 마법을 구사하며 입수한 사교단의 제기 등을 이용해 사기와 탁기도 함께 뿌리는 겁니다. 이러면 겉보기엔 사령술을 쓴 것으로밖에 안 보이지요."

"정말 그런 게 가능한가?"

"다른 사령술사를 속이기 위해 최근 개발 중인 수법 중 하나입니다."

"과연, 킹스 오더라면 임무 특성상 그런 것도 필요하겠군."

납득한 로이드가 고개를 끄덕였다.

"그 계획대로 해 보세."

✻

카르나크와의 대화를 떠올리며 로이드는 뒷골목의 어둠을 바라보았다.

저 어둠 너머에서 온갖 비명이 울리고, 온갖 악령이 날뛰고, 시체가 되살아나 사람들을 죽이고 있다.

이윽고 비명이 멎었다. 상황이 끝난 모양이었다.

잠시 후 붉은 머리의 여인이 로이드 곁으로 다가왔다.

"혹시 다치거나 하진 않으셨나요, 전하?"

카르나크의 부대원, 세라티 경이었다.

"터럭 하나 다치지 않았다. 카르나크 부대장의 마법은 실로 대단하더군. 일은 잘된 건가?"

"2명, 살려 보냈습니다. 놈들이 제대로 증언을 하겠죠."

계획대로 잘 풀린 것 같다.

안심하며 로이드가 감탄을 흘렸다.

"그나저나 정말 그럴듯하더군. 이래서야 놈들도 속을 수밖에 없겠지."

카르나크의 마법은 정말이지 실감 그 자체였다.

정말 좀비 같았고, 정말 악령 같았다.

"사정을 알고 있는 나조차도 진짜 사령술로밖에 보이지 않 았다네."

세라티가 묘한 얼굴을 했다.

"그, 그렇겠죠?"

"응? 왜 그런 표정을 짓나?"

"아뇨, 아무것도……."

다음 권으로 이어집니다

로또부터 장교까지

게르만 현대 판타지 장편소설

충성! 소위 김대한, 회귀를 명받았습니다!
눈치면 눈치 실력이면 실력
재력까지 모두 갖춘 SSS급 장교가 나타났다!

학군단 출신으로 진급을 꿈꾸는 김대한
거지 같은 상관, 병신 같은 소대원들을 끼고서
열심히 했지만 결국 다섯 번째 진급 심사마저 떨어지고
홧김에 술을 마시고서 만취 후 눈을 뜨는데……

2013년 6월 21일 금요일
오늘 수료일이지? 이따 저녁에 집에서 고기 구워 먹자
삼겹살 사 갈게~^^ -엄마

췌장암 말기로 병원에 있어야 할 어머니의 문자
아니, 12년 전으로 돌아왔다고?

부조리 참교육부터 라인 잘 타는 법까지
경력직 장교가 알려 주는 슬기로운 군 생활!

꿈의 도약, 로크에서 하십시오
(주)로크미디어에서 신인 작가를 모십니다

즐거운 세상, (주)로크미디어는 꿈을 사랑하고 도전을 두려워하지 않는 작가분들의 참신한 작품을 기다리고 있습니다. 21세기 장르 문학계를 이끌어 갈 차세대 선두 주자 (주)로크미디어에서 여러분의 나래를 활짝 펴 보시길 바랍니다.

모집 분야 판타지와 무협을 포함한 장르 문학
모집 대상 아마추어 작가, 인터넷 작가
모집 기한 수시 모집
작품 접수 시 유의 사항
　　1. 파일명은 작가명_작품명.hwp 형식을 갖춰 주십시오.
　　1. 파일에 들어갈 내용은 다음과 같습니다.
　　　── 성명(필명인 경우 실명을 밝혀 주세요), 연락처, 이메일 주소.
　　　── 제목, 기획 의도.
　　　── A4용지 1장 분량의 등장인물 소개.
　　　── A4용지 2장 분량의 전체 줄거리.
　　　── 본문.
　　1. 작품이 인터넷에 연재되고 있다면, 게시판명과 사이트의 구체적이고 정확한 주소를 기재해 주십시오.

선택된 작품은 정식 계약 후 출판물로 간행되어 전국 서점에 유통됩니다.
작가분은 (주)로크미디어의 전폭적인 지원하에 전속 작가로 활동하시게 됩니다.
※ 자세한 내용은 로크미디어 홈페이지(rokmedia.com)를 참조하세요.

(04167)서울시 마포구 마포대로 45 일진빌딩 6층
(주)로크미디어 편집부 신간 기획 담당자 앞
전화 : 02)3273-5135
www.rokmedia.com　　　이메일 : rokmedia@empas.com